Chocolate quente
às quintas-feiras

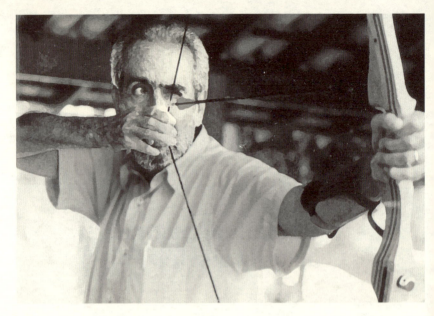

O Arqueiro

GERALDO JORDÃO PEREIRA (1938-2008) começou sua carreira aos 17 anos, quando foi trabalhar com seu pai, o célebre editor José Olympio, publicando obras marcantes como *O menino do dedo verde*, de Maurice Druon, e *Minha vida*, de Charles Chaplin.

Em 1976, fundou a Editora Salamandra com o propósito de formar uma nova geração de leitores e acabou criando um dos catálogos infantis mais premiados do Brasil. Em 1992, fugindo de sua linha editorial, lançou *Muitas vidas, muitos mestres*, de Brian Weiss, livro que deu origem à Editora Sextante.

Fã de histórias de suspense, Geraldo descobriu *O Código Da Vinci* antes mesmo de ele ser lançado nos Estados Unidos. A aposta em ficção, que não era o foco da Sextante, foi certeira: o título se transformou em um dos maiores fenômenos editoriais de todos os tempos.

Mas não foi só aos livros que se dedicou. Com seu desejo de ajudar o próximo, Geraldo desenvolveu diversos projetos sociais que se tornaram sua grande paixão.

Com a missão de publicar histórias empolgantes, tornar os livros cada vez mais acessíveis e despertar o amor pela leitura, a Editora Arqueiro é uma homenagem a esta figura extraordinária, capaz de enxergar mais além, mirar nas coisas verdadeiramente importantes e não perder o idealismo e a esperança diante dos desafios e contratempos da vida.

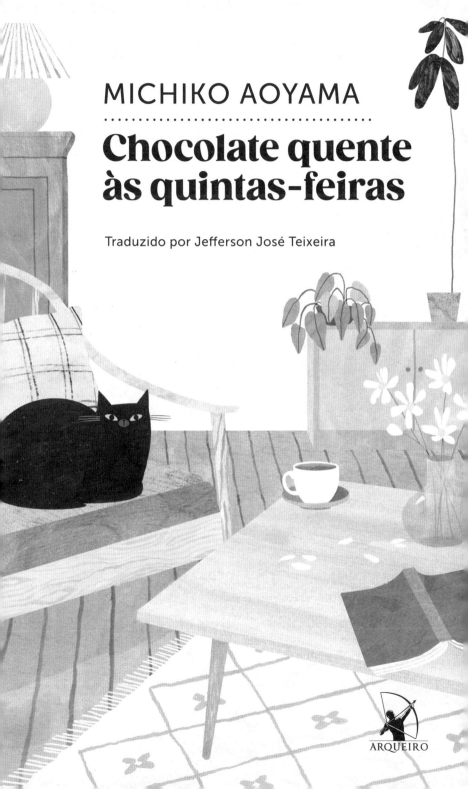

MICHIKO AOYAMA

Chocolate quente às quintas-feiras

Traduzido por Jefferson José Teixeira

Título original: 木曜日にはココアを (Mokuyoubi Ni Ha Cocoa Wo)
Copyright © 2017 por Michiko Aoyama
Copyright da tradução © 2024 por Editora Arqueiro Ltda.

Publicado originalmente por Takarajimasha Inc., Tóquio.
Direitos de tradução em língua portuguesa acordados com
Takarajimasha Inc., através da The English Agency (Japan) Ltd.
e da New River Literary Ltd.

Todos os direitos reservados. Nenhuma parte deste livro pode ser
utilizada ou reproduzida sob quaisquer meios existentes
sem autorização por escrito dos editores.

produção editorial: Livia Cabrini
preparo de originais: Alice Dias
revisão: Midori Hatai e Sheila Louzada
diagramação: Guilherme Lima e Natali Nabekura
adaptação de capa: Natali Nabekura
capa: Constance Clavel
ilustração: Léa Le Pivert
impressão e acabamento: Bartira Gráfica

CIP-BRASIL. CATALOGAÇÃO NA PUBLICAÇÃO
SINDICATO NACIONAL DOS EDITORES DE LIVROS, RJ

A979c

Aoyama, Michiko, 1970-
Chocolate quente às quintas-feiras / Michiko Aoyama ;
tradução Jefferson José Teixeira. - 1. ed. - São Paulo : Arqueiro,
2024.
160 p. ; 21 cm.

Tradução de: 木曜日にはココアを
ISBN 978-65-5565-671-8

1. Ficção japonesa. I. Teixeira, Jefferson José. II. Título.

CDD: 895.63
24-92078
CDU: 82-3(520)

Meri Gleice Rodrigues de Souza - Bibliotecária - CRB-7/6439

Todos os direitos reservados, no Brasil, por
Editora Arqueiro Ltda.
Rua Artur de Azevedo, 1.767 – Conj. 177 – Pinheiros
05404-014 – São Paulo – SP
Tel.: (11) 2894-4987
E-mail: atendimento@editoraarqueiro.com.br
www.editoraarqueiro.com.br

Sumário

Chocolate Quente às quintas-feiras (Marrom • Tóquio) 7

Levando a omelete a sério (Amarelo • Tóquio) 19

Todos nós crescemos (Cor-de-rosa • Tóquio) 37

O caminho certo (Azul • Tóquio) 51

Um encontro inesperado (Vermelho • Sydney) 67

Romance de meio século (Cinza • Sydney) 79

Contagem regressiva (Verde • Sydney) 89

O melhor dia de Ralph (Laranja • Sydney) 101

O retorno da feiticeira (Azul-turquesa • Sydney) 111

Se eu não tivesse te conhecido (Preto • Sydney) 121

A promessa (Roxo • Sydney) 135

Carta de amor (Branco • Tóquio) 149

Chocolate Quente às quintas-feiras
Marrom · Tóquio

A pessoa que eu amo se chama Chocolate Quente.
Quer dizer, é claro que esse não é o nome dela. Não sei como se chama, então resolvi apelidá-la assim.

Há cerca de seis meses, desde que veio pela primeira vez ao Café Marble, onde trabalho, ela vem sozinha, se senta no mesmo lugar perto da janela e faz o mesmo pedido:

– Um chocolate quente, por favor.

Então ela olha timidamente para mim, com seus olhos brilhantes como gotas de chuva e os longos cabelos castanhos ondulando até os ombros.

O Café Marble fica em um tranquilo bairro residencial.

É um estabelecimento pequeno no final da alameda de cerejeiras que margeia o rio, escondido atrás de uma grande árvore. Há algumas lojas e estabelecimentos na margem oposta, mas do lado de cá da ponte existem apenas residências, então poucos pedestres circulam por aqui. Como o dono não faz divulgação e nunca saiu uma matéria em alguma revista sobre o lugar, o Café continua funcionando graças aos seus clientes habituais.

Temos três mesas com cadeiras e cinco assentos no balcão. O mobiliário é de madeira rústica e há lustres pendendo do teto.

O Café nunca está lotado, mas também nunca fica vazio, e todos os dias eu recebo os clientes com alegria, usando meu avental amarrado na cintura.

Chocolate Quente vem ao Café toda quinta-feira, sem falta.

Abre a porta às três da tarde e permanece por cerca de três horas.

Na maioria das vezes, ela lê ou escreve longas cartas em inglês, lê livros nesse idioma ou contempla a paisagem pela janela. Em geral, os clientes da tarde nos dias de semana são idosos ou pais com seus filhos; mulheres jovens como Chocolate Quente são raras. Ela não aparenta ser estudante e não usa aliança. Tenho 23 anos e acho que ela deve ser apenas um pouco mais velha do que eu.

Não sei uma única palavra em inglês. E nem lembro qual foi a última vez que escrevi algo parecido com uma carta.

Por isso, o fato de ela compartilhar sua vida e seus sentimentos com alguém num país estrangeiro, e receber respostas de lá, é algo surreal para mim.

Ela usa papéis de carta tão finos quanto seda e envelopes com bordas coloridas. Acho curioso que Chocolate Quente escreva cartas tão longas em plena era digital, e isso a torna ainda mais enigmática. Ao passar ao seu lado, noto sua linda caligrafia feita com uma caneta-tinteiro.

Que encantamentos mágicos ela estará escrevendo?

Adoro vê-la escrever. Seus lábios se curvam em um sorriso suave e suas bochechas coram ligeiramente. Quando pisca, os longos cílios castanhos formam uma sombra sob seus olhos. Ela não olha para mim enquanto escreve, então posso admirá-la à vontade. Em meu coração, ternura e ciúmes se entrelaçam quando penso em como ela deve amar a pessoa a quem destina as cartas.

Trabalho no Café Marble há dois anos.

Tudo começou durante um passeio pela margem do rio, no início do verão, sob as cerejeiras frondosas da alameda. Eu queria saber até onde aquela fileira de árvores se estenderia.

Eu estava desempregado. A rede de restaurantes em que eu trabalhava desde que terminara o colégio vinha enfrentando dificuldades financeiras e precisou passar por uma reestruturação. Naquele dia eu estava voltando justamente de uma agência de empregos, mas minha busca por trabalho fora em vão. Eu estava ansioso e tinha muito tempo livre, então aproveitei para caminhar até o fim da alameda. Acabei encontrando o Café à sombra da folhagem densa da última árvore.

Uma loja daquelas, ali? Depois de checar quanto dinheiro tinha na carteira, empurrei a porta. Devia dar para tomar pelo menos um café.

O estabelecimento era pequeno, mas muito aconchegante. Sem ter para onde ir, fiquei feliz de ter encontrado aquele lugar. Embora fosse a primeira vez que entrava no Café, me senti tão acolhido quanto se entrasse em meu próprio quarto. A atmosfera era completamente diferente do burburinho caótico das lanchonetes. Como seria bom trabalhar ali...

Ao olhar ao redor, me surpreendi com o que vi: um homem estava pregando um cartaz na parede com os dizeres "Temos vaga para funcionário temporário". Era coincidência demais! Com o coração palpitando, me acomodei ao balcão.

O homem que acabara de pregar o cartaz me trouxe o cardápio e um copo d'água. Ele devia ter uns 50 anos. Baixo e magro, tinha o semblante gentil, apesar do sinal de nascença na testa que causava uma forte impressão. Dei uma olhada no menu elegante e, depois de verificar os preços, fiz meu pedido:

– Um café, por favor.

– É pra já.

O homem foi para trás do balcão. Observei-o atentamente enquanto ele preparava minha bebida numa cafeteira de sifão.

– Com licença... O senhor é o gerente? – perguntei.

– Sim. Pode me chamar de Mestre. – Ele me entregou o café por sobre o balcão. – Sabe, sempre foi meu sonho ter minha própria cafeteria.

A xícara, de onde ascendia um rico aroma, era de cerâmica não esmaltada. O café era suave, mas o sabor levemente encorpado se revelava pouco a pouco na boca. Bastou um gole para me motivar a me levantar da cadeira, decidido.

– Gostaria muito de trabalhar aqui. Posso me candidatar para a vaga de temporário?

Mestre me examinou em silêncio por uns cinco segundos e depois, com o rosto sério, disse:

– Claro! Você está contratado como efetivo.

Meu queixo caiu. Ele estava me contratando sem nem mesmo saber meu nome? E como efetivo?

– Mas o senhor não quer ver meu currículo, meus documentos...?

– Não é necessário. Tenho boa intuição. Prefere ser temporário? Algum problema em ser efetivo?

– Não é isso, é que...

– Então está decidido.

Mestre saiu de trás do balcão e arrancou o cartaz da parede.

E assim me tornei funcionário do Café Marble.

Logo em seguida, Mestre anunciou:

– Vou me ausentar por um tempo, então, daqui para a frente, você tem carta branca para cuidar de tudo do jeito que quiser. Eu já planejava passar o Café para alguém, por isso fico feliz por você aparecer.

– Mas essa cafeteria era seu sonho, não era? – perguntei, confuso.

– No momento em que se concretiza, o sonho deixa de ser sonho e se torna realidade. Adoro sonhar. Por isso preciso partir para o próximo sonho! – respondeu ele, com os olhos cintilando de alegria.

Desde então, eu administro sozinho o Café Marble. Obviamente, Mestre continua sendo o proprietário, e eu sou uma espécie de gerente. Se for parar para pensar, é realmente estranho receber de repente a responsabilidade pela gestão de um negócio, mas tudo aconteceu de maneira tão inusitada que mal tive tempo de questionar. Não havia um manual como nas grandes redes de restaurantes, e Mestre se limitou a me ensinar como trancar a porta de entrada. Enquanto me empenhava entre erros e acertos, o número de clientes foi aumentando, e eles começaram a aparecer com mais frequência: em especial, uma senhora idosa que me tratava com carinho, como se eu fosse seu neto, e um pai acompanhado do filho na volta do jardim de infância. O Café começou a ficar com a minha cara, mas às vezes Mestre aparecia de surpresa e mudava casualmente os quadros nas paredes ou, se passando por um cliente, se sentava ao balcão para ler um jornal de esportes.

Meu território se restringe a um estúdio alugado num prédio de dois andares e o Café. Contudo, esses dois pequenos mundos me preenchem. Apesar de meu apartamento ser velho e apertado, consigo cozinhar com facilidade no fogão de duas bocas. E, mais do que tudo, eu adoro o Café. Para completar, me apaixonei por uma cliente de aparência inteligente e olhos castanhos.

Talvez não fosse ético um funcionário se apaixonar por uma cliente, mas eu me contento com um amor platônico. Como Mestre diz, é bom sonhar. Amores platônicos não são ruins. Eu a amo, e isso é tudo. Esse amor me fortalece, me inspira a dar o melhor de mim – por exemplo, servindo a ela um delicioso chocolate quente às quintas-feiras. Nada além disso.

Em meados de julho, com o fim da estação das monções, o céu estava resplandecente. Era quinta-feira. Já havia passado das três da tarde. Eu estava impaciente quando a porta se abriu como de costume.

Porém Chocolate Quente estava diferente. Parecia exausta, os ombros caídos, quase não suportando o peso da bolsa que levava a tiracolo. Naquele dia, outra cliente ocupava seu lugar favorito. Era uma mulher de ar intelectual, vestindo uma blusa impecável e uma saia justa. Ela colocara alguns livros sobre a mesa e não parava de mexer no seu tablet. Ao entrar, Chocolate Quente olhou para a mulher e se sentou à mesa central, de costas para seu lugar habitual.

Quando lhe levei um copo d'água e o cardápio, ela me pediu o chocolate quente de sempre, apesar do calor sufocante. Apenas naquele momento ela me encarou por um momento, mas logo baixou os olhos novamente.

Mesmo depois de receber sua bebida, Chocolate Quente se manteve cabisbaixa. Não retirou da bolsa o papel de carta, a caneta-tinteiro nem o livro. Ficou apenas olhando o chão.

Foi então que eu vi as lágrimas rolando pelas suas faces.

Queria correr até ela. Mas não podia.

Para Chocolate Quente, eu não passo de um botão numa máquina automática. Alguém como ela vive num mundo a quilômetros de distância do meu, sem nada em comum a não ser este lugar. Pela sua aparência, posso supor que é uma moça de educação refinada; deve ser fluente em inglês, talvez por ter residido um tempo no exterior ou viajado inúmeras vezes para fora, e não duvido que o destinatário de suas cartas seja um namorado com quem mantém um relacionamento a distância.

Mas agora eu estava tão próximo dela que poderia tocá-la. Queria enxugar suas lágrimas, segurar suas mãos e dizer que ia ficar tudo bem.

Mas isso jamais aconteceria. E eu não tinha como saber se tudo iria mesmo ficar bem. Sou apenas o funcionário de uma cafeteria, e ela, uma cliente. Eu não poderia simplesmente tirar meu avental e consolá-la...

De repente, dois livros caíram no chão com um estrondo. Eram da cliente que tomara o lugar de Chocolate Quente. Ela suspirou com desânimo e os recolheu. Curiosamente, todas as mulheres que vieram ao Café hoje pareciam estar com problemas.

– Nossa, já está na hora! – exclamou a mulher ao consultar o relógio de pulso.

Apressada, ela enfiou os livros em sua bolsa preta de grife e se dirigiu ao caixa.

Sei que não deveria, mas pensei comigo mesmo: "Que bom! Ela vai embora!"

Depois de receber o pagamento da mulher, peguei uma bandeja e corri até sua mesa. Um copo vazio de chá gelado, um copo com água pela metade, um guardanapo usado e a embalagem do canudinho. Coloquei tudo na bandeja tão rápido que, se existisse um campeonato de arrumação de mesa, eu com certeza venceria.

– Sua mesa está livre agora.

Falei com uma voz tão estridente que Chocolate Quente ergueu a cabeça, surpresa. Por um instante estremeci, lamentando ter soado exagerado, mas reuni coragem e expliquei:

– Seu lugar de sempre. Talvez você se sinta melhor se estiver na sua mesa favorita.

Chocolate Quente arregalou seus grandes olhos e virou-se para o assento que acabara de vagar com uma expressão confusa no rosto. E, no instante seguinte, abriu um sorriso branco como a neve.

– Obrigada. Você deve ter razão.

Ela mudou de mesa e ficou um tempo contemplando a paisagem

pela janela. E, depois de terminar seu chocolate, pediu mais um, algo que raramente faz.

Quando levei a bebida, ela havia começado a escrever sua carta, como de costume. No instante em que eu estava prestes a colocar a xícara na mesa, ela se virou para mim de repente e falou "Olhe...". Minha surpresa foi tanta que minhas mãos estremeceram, e uma gota de chocolate pingou em seu papel de carta.

– Ah, me desculpe, sinto muito!

Eu tinha estragado tudo. Senti o sangue correr da minha cabeça até a ponta dos pés, como o refluxo da maré. Às pressas, peguei um guardanapo e fiz menção de limpar.

– Não, espere!

Ela pousou a mão sobre a minha. Meus batimentos cardíacos se descontrolaram.

– Veja, parece um coração!

Coração?

Ao ouvir isso, olhei com atenção e percebi que a mancha de chocolate no papel parecia mesmo um coração marrom um pouco deformado.

– Que divertido! Vou deixar assim.

Chocolate Quente estava animada como uma criança que descobre um arco-íris. Era a primeira vez que eu a via rindo. Meu coração não parava de fazer acrobacias dentro do peito.

– Vou escrever "Aqueça-se com um chocolate quente".

Ela anotou a frase em inglês, com uma caligrafia caprichada, exibindo uma expressão radiante, agora confortável em seu lugar habitual.

E eu entendi que, mesmo neste meu pequeno universo, milagres acontecem. Um toque suave pela primeira vez. Um lindo sorriso dirigido especialmente a mim.

Bem ao lado do coração de chocolate ela escreveu "*My dear best friend, Mary*". Mesmo sem saber inglês, eu compreendi o significado daquelas palavras. Aquelas cartas eram para Mary, sua melhor amiga.

Eu não conhecia o motivo de suas lágrimas, mas, feliz por descobrir que o destinatário das cartas não era um namorado, escondi um sorriso atrás da minha bandeja.

Levando a omelete a sério
Amarelo · Tóquio

Eu estava saindo do Café Marble quando percebi os livros despontando para fora da minha bolsa. Eu os empurrei bem para o fundo e fui buscar meu filho, Takumi, no jardim de infância.

Em geral, as crianças saem às duas da tarde, mas é possível estender esse horário até as quatro. Teruya, meu marido, fez a solicitação antecipadamente, e graças a isso pude participar de uma reunião na empresa no começo da tarde. Como essa reunião terminou mais rápido do que o esperado, pensei em planejar meu dia seguinte tomando um chá na minha cafeteria predileta, à beira do rio.

O Café Marble é um lugar especial para mim. Situado no fim de uma alameda de cerejeiras, é possível apreciar as paisagens através de suas grandes janelas. A decoração é suave e aconchegante e o atendente é jovem e bonito, com um ar ingênuo raro de encontrar hoje em dia. Seus sanduíches, embora nada excepcionais, são feitos com cuidado e têm um sabor nostálgico. Acho que a comida revela a personalidade de quem a prepara.

Mas hoje não pude relaxar como esperava. Quando abri um dos livros, pretendendo me enveredar em uma área totalmente nova para mim, recebi uma mensagem urgente do trabalho. Era um pedido de ajuda de um funcionário que havia cometido um erro. Imediatamente dei orientações sobre como contornar o problema e me desculpei com o cliente que havia sido prejudicado.

Quando me concentrava nos e-mails, com o tablet na mão, acabei deixando os livros caírem no chão. Eu tinha acabado de comprá-los e fiquei frustrada ao ver seus cantos amassados. Era como se alguém me anunciasse: "Você não vai conseguir!"

Dei um suspiro pesado e olhei meu relógio: eram quase quatro horas, hora de pegar meu filho. Em meados de julho, os raios de sol ainda estão quentes à tarde. Parecia até que o sol estava me apressando, então apertei o passo, a meia-calça colando nas pernas. Minha bolsa estava abarrotada, porque, além das pastas do trabalho, havia meus dois livros novos.

A escola fica do outro lado do rio, atravessando a ponte. O plano era pegar Takumi, jantar em algum restaurante ali por perto, voltar para casa e depois... Ah, sim, antes tinha que dar banho nele e colocá-lo para dormir. Mas eu precisava treinar! Tinha uma tarefa a cumprir, a mais importante desde que me casei, uma responsabilidade maior do que o meu trabalho.

Amanhã, pela primeira vez, eu teria que preparar o bentô, a merenda de Takumi.

Os livros que comprei mencionavam as "cinco cores fundamentais para dar ao bentô uma aparência deliciosa". Vermelho, verde, preto, marrom e amarelo. O vermelho era fácil: bastava um tomatinho cereja. Para o verde eu poderia usar brócolis; mesmo não sabendo o tempo correto de cozimento, não devia ser muito difícil acertar o ponto. Para o preto, alga *nori* envolvendo um bolinho de arroz *onigiri*, e para o marrom era só fritar uma salsicha. Ou talvez pedacinhos de polvo ou siri.

Amarelo.

Sim, o problema era o amarelo. E só havia um alimento amarelo para se colocar em um bentô.

Avistei o portão do jardim de infância. Era a primeira vez que eu ia buscar Takumi. Apesar de ele ter entrado na escola há mais de dois anos, eu só tinha ido lá no dia da admissão, nas competições esportivas e na festa de Natal. Em todos esses eventos eu estava acompanhada de meu marido, mas hoje ele não está comigo. Cruzei o portão com o coração agitado, tensa por estar sozinha, quando ouvi alguém dizer "Boa tarde".

Ao me virar, vi um grupo de quatro mães rodeado por crianças que brincavam de pega-pega. Meu corpo se enrijeceu ao constatar que eu não conhecia nem as mães nem os filhos.

Uma das mulheres me encarava. Ela usava uma camisa listrada, óculos de armação prateada e cabelos presos num rabo de cavalo. Deve ter sido ela que me cumprimentou.

– Hoje o pai não vem?

– Ah, não, hoje não.

Fiz um esforço para sorrir com simpatia, me perguntando quem era ela. A mulher de blusa listrada me sorriu de volta, parecendo constrangida por não saber como prosseguir a conversa. Eu queria me afastar o mais rápido possível, então acenei discretamente e segui apressada em direção ao prédio principal. As outras mães devolveram o cumprimento com um gesto de cabeça. Virei as costas e senti todos os olhares em cima de mim.

– Quem é essa? – ouvi uma delas perguntar.

– É a mãe de Takumi.

– Ah.

– Então o pai dele não vem! Que pena! Tive que deixar meu filho na aula até mais tarde e esperava encontrá-lo, já que Takumi também ficou depois do horário – disse uma das mulheres, claramente decepcionada.

Eu parei na mesma hora, quase que por instinto.

Pelo visto Teruya é bastante popular por aqui. Respirei fundo e voltei a caminhar.

Ao chegar ao prédio principal, Takumi me viu e veio correndo, balançando os cabelos cortados em cuia e gritando "Mamãe!". Estendi os braços para os lados fingindo ser um avião. Ele é fascinado por aviões, mesmo sem nunca ter colocado os pés em um.

Atrás dele vinha uma moça de uns 20 e poucos anos. Acho que é Eri, a professora dele. Sua pele era lisa como um ovo cozido recém-descascado e o avental cor-de-rosa lhe caía muito bem.

– Ah, a mamãe veio buscar você pela primeira vez! Que bom, né, Takumi?

De novo? É tão surpreendente assim que eu venha buscar meu filho? Ou todo mundo quer mesmo é ver meu marido? Posso estar sendo paranoica, mas parece que todos me criticam por eu nunca vir à escola trazer ou levar Takumi.

Ele pegou sua mochila no armário e anunciou, todo orgulhoso, que "Papai está em Kyoto". A professora se agachou para olhá-lo nos olhos.

– Kyoto? Ele está viajando?

– Uhum. Trabalho!

– Que bom, então o papai arranjou um emprego?

– Não dá para dizer que é realmente um emprego – interrompi, meio sem jeito, enquanto colocava a mochila nos ombros do meu filho.

– Takumi tá em Tóquio, papai tá em Kyoto. Tóquio e Kyoto.

Takumi correu para a entrada recitando os nomes das cidades que memorizara recentemente. O cérebro de uma criança de 5 anos parece se alegrar ao aprender coisas novas.

Pela janela, vi o grupo das mães ainda conversando.

– Aquela senhora de blusa listrada é mãe de quem? – perguntei para a professora.

– Ah, é a mãe da Ruru Soejima.

Soejima. Repeti o sobrenome mentalmente e tive uma vaga lembrança dela sentada ao meu lado na cerimônia de admissão. Acho que fomos apresentadas naquele dia.

– Bem, estamos indo, Eri.

Ao abaixar a cabeça para cumprimentá-la, notei o nome ENA bordado no avental da professora. Que vergonha, ela se chamava Ena, não Eri.

Porém, sem parecer se importar, ela respondeu com um "Tchau" sorridente e se dirigiu até onde as outras mães estavam.

Saí do prédio às pressas, como uma fugitiva. Ela deve ter me achado uma idiota. Senti o suor escorrendo pela testa.

No caminho, de mãos dadas comigo, Takumi ergueu o rosto para mim.

– Mamãe, o papai foi de avião?

– Não, ele foi de trem.

– O trem voa?

– Trens não voam, filho.

– Mas besouros voam!

– Quem falou de besouros? – respondi, confusa.

– O trem Takumi para Kyoto vai decolar! Todos a bordo!

Ele estava fazendo a maior confusão, mas até que era divertido! Dei uma risada alta, apertando a mãozinha suada do meu filho.

Ouvi uma cigarra cantando e me lembrei da vez que Takumi levou para casa uma carcaça de cigarra que havia recolhido com o pai na volta da escola. Ao me dar conta de que eles caminhavam juntos por aquelas ruas todos os dias, meu coração apertou. Eu me senti excluída.

Teruya é pintor. Mas ele ainda não "vende" suas obras. No momento ele só "pinta". Nós nos conhecemos na agência de publicidade onde trabalhávamos; ele era meu subordinado, dois anos mais novo do que eu.

Pouco antes de nos casarmos, ele expressou seu desejo de ser pintor e me perguntou se poderia pedir demissão do trabalho e assumir a responsabilidade pelas tarefas domésticas.

A princípio não consegui esconder meu espanto, mas, para ser sincera, no fundo achei bom. Sempre morei com meus pais e nunca precisei fazer nada em casa, seja lavar louça ou apertar o botão da panela de arroz elétrica.

Meu trabalho era cem vezes mais prazeroso do que os afazeres domésticos. Se eu pudesse ser a "provedora da família que sustenta o marido aspirante a pintor", teria uma boa justificativa para não fazê-los.

Assim, me atirei de cabeça no trabalho enquanto Teruya se tornava um eficiente dono de casa. Era ótimo cozinheiro, passava as roupas e não deixava um grão de poeira no chão. Além disso, mantinha uma relação muito boa com meus pais, que moravam a cerca de uma hora de trem. Ele teve um zelo incrível comigo durante a gravidez e, depois que Takumi nasceu, às vezes me deixava dormir em outro quarto para que eu descansasse melhor. Em pouco tempo substituímos o leite materno pela mamadeira; em parte porque voltei ao trabalho, em parte porque eu não produzia leite suficiente. Tudo isso me deu a sensação de não ter me dedicado muito à criação do meu filho. Eu nunca estava presente nos momentos importantes, como quando ele aprendeu a ficar em pé ou deu os primeiros passinhos.

Para ingressar na escola, Takumi precisaria de uma bolsa e uma sacola para os sapatos, que deveriam obrigatoriamente ser feitos à mão. Meu marido não se importou em assumir a tarefa e costurou com satisfação. Ficou tão bom que parecia ter sido feito por um profissional.

– Você poderia vender essas bolsas para as mães que não sabem costurar – sugeri.

Ele apenas riu e disse que não estavam tão boas assim.

Teruya não se interessou pela ideia. Eu poderia tê-lo ajudado a iniciar um negócio, se ele quisesse.

Seja como foi, a dinâmica da nossa família estava perfeitamente organizada. Até o dia em que chegou um convite de Kyoto.

Eu sabia que as pinturas que Teruya postava no Instagram eram elogiadas como "originais e singulares" e que seu número de seguidores vinha aumentando. Ele recebia muitos comentários positivos, mas não imaginei que as obras fossem boas a esse ponto. O proprietário de uma galeria de Kyoto desejava reunir numa exposição coletiva o trabalho de cinco pintores ainda desconhecidos do grande público e convidou Teruya.

As pinturas dele são mesmo interessantes. São ilusões de ótica em que o observador vai descobrindo aos poucos os vários elementos escondidos em uma paisagem. Mas eu não tinha certeza se, comparando com a obra de outros artistas amadores, o trabalho dele era tão excepcional. Por isso, de início desconfiei que o dono da galeria fosse algum vigarista tentando se aproveitar de artistas ingênuos e fui procurar na internet informações sobre a tal galeria. No entanto, não encontrei nada de anormal e descobri que esse tipo de evento era realizado com regularidade. A galeria não bancava as despesas de transporte e acomodação, mas também não havia cobrança de nenhuma "taxa de exposição". O proprietário era bastante respeitado no ramo e sua foto aparecia em diversos sites: era um senhor discreto e de rosto comum, mas com um marcante sinal no meio da testa. Por algum motivo, seu nome não era mencionado – ele era chamado apenas de "Mestre".

Ele devia ter uma influente rede de contatos, pois, pelo que descobri na internet, já havia ajudado muitos artistas a florescer.

Depois de receber a mensagem do Mestre pelo Instagram, Teruya anunciou:

– A exposição vai de sexta a domingo, mas preciso chegar antes para a reunião e a instalação das obras. Então gostaria de levar Takumi para a escola na quinta de manhã e de lá seguir direto para Kyoto. Você pode ir buscá-lo na quinta à tarde, depois levá-lo e buscá-lo no dia seguinte? Ah, e é preciso também preparar o bentô dele para sexta. Eu volto domingo no último trem.

De imediato não consegui concordar. "Não posso, tenho que trabalhar" foram as palavras impiedosas que lentamente começaram a escalar até minha boca. Diante do meu silêncio, Teruya completou:

– Se você está preocupada com as despesas da viagem, fique tranquila porque eu mesmo vou arcar com os custos do transporte e do hotel. Não vou gastar seu dinheiro, Asami. Então apenas diga que sim, por favor.

Fiquei chocada. Eu nunca tinha me negado a pagar alguma coisa para ele.

– Não tem problema, eu posso pagar para você – respondi instintivamente, e só depois percebi minha arrogância.

Teruya, porém, não pareceu se incomodar.

– Não, é sério. Não se preocupe com o dinheiro. Tenho ganhado uma grana.

– O quê?

Ele tem ganhado uma grana?

Eu me inclinei para a frente enquanto ele falava, muito constrangido:

– Hum... Não te contei, mas tenho investido na Bolsa e estou ganhando algum dinheiro...

Fiquei sem palavras. Nunca poderia imaginar.

– Então, você pode cuidar do Takumi? – indagou ele, me pegando de surpresa novamente.

– Hum, bem... tudo bem...

Não me restou opção senão concordar, mas a partir dali fui tomada por uma ansiedade agonizante.

Eu precisava lidar com um obstáculo de cada vez.

Para levar e pegar Takumi na escola bastaria me organizar no trabalho nesses dias. E para as refeições, na ausência de Teruya, poderíamos comer fora ou comprar comida pronta.

O problema era o bentô da sexta-feira.

Vermelho, verde, preto, marrom e amarelo. Não tinha como escapar da omelete.

* * *

Já em casa, após jantar com Takumi no restaurante, fui para a cozinha, peguei a frigideira e comecei a treinar. Apesar de ter armazenado na cabeça todas as informações que li nos livros e na internet sobre "como preparar uma omelete enrolada perfeita", por algum motivo as coisas não corriam bem. Os ovos ficavam achatados em vez de fofos ou grudavam na frigideira, e aí era impossível enrolá-los. Além disso, as receitas mencionavam que você poderia adicionar sal, shoyu, amido de milho ou leite, mas eu não sabia quais ingredientes Teruya costumava usar. E eu não queria telefonar para ele para perguntar.

As omeletes fracassadas se acumulavam na bancada da pia.

Takumi, que estava vendo TV na sala, apareceu na cozinha de repente.

– Que comida é essa? – perguntou inocentemente.

Decepcionada comigo mesma e frustrada pelas palavras dele, quebrei mais um ovo na tigela.

Da TV se ouvia a música-tema de um anime. Cantando junto, Takumi começou uma dança estranha, deu uns pulinhos e se transformou num avião e voou de volta para a sala, com os braços abertos, imitando o barulho do motor.

Bati o ovo com os longos hashis de cozinha. Por quanto

tempo eu precisava bater? De que forma eu deveria enrolar a omelete para que ela saísse perfeita? Meu campo de visão totalmente amarelo ficou embaçado e percebi, espantada, que estava chorando.

Por quê? Por quê? Por que eu não consigo fazer nem uma omelete que preste?

Desde criança estudei com afinco, me formei na faculdade, me empenhei na busca de um bom emprego, depois trabalhei muito e sempre recebi elogios pela minha capacidade.

Mas a verdade é que passei o tempo todo fugindo. Deixei nas mãos de Teruya as tarefas domésticas e a criação de nosso filho, coisas que abalavam minha autoconfiança. Eu me refugiei no trabalho porque me sentia mal por ser incapaz de fazer coisas que todo mundo conseguia fazer com facilidade.

No escritório, eu podia executar qualquer trabalho. Nunca esquecia o nome e o rosto de um cliente mesmo que o encontrasse uma única vez; expressava minhas opiniões sem hesitação ou nervosismo ainda que diante de altos executivos de grandes empresas; sabia elaborar projetos complexos; fazia apresentações para muitas pessoas; ajudava meus funcionários e os apoiava quando cometiam erros... Enfim, tinha certeza de que era muito boa nisso.

Entretanto, eu não tinha nenhuma amiga com filhos. As mães dos amigos de Takumi me assustavam. Eu não conseguia nem acertar o nome da professora dele. Quando descascava uma maçã, não sobrava quase nada para comer, não sabia separar o lixo e não tinha ideia de como dobrar roupas como um origami, como meu marido fazia.

Até então, minha única fonte de orgulho era ser a responsável financeira pela nossa família. Mas isso já não me traz paz de espírito. Teruya não me contou quanto está ganhando na Bolsa, mas talvez fosse o suficiente para nos sustentar se eu perdesse minha renda. Então que papel eu realmente representava naquela casa?

E se Teruya começar a vender suas pinturas? E se ele não puder mais ficar o tempo todo em casa? *Por favor, não venda suas obras! Não deixe que reconheçam seu talento! Fique com Takumi e comigo para sempre.*

As lágrimas ainda rolavam pelo meu rosto quando meu celular tocou. Era Teruya.

– É o seu pai – falei, entregando o telefone para Takumi.

– Oi, papai! – disse ele, animado. – Sim! Sim... sim. Comi um hambúrguer!

Eu estava ouvindo distraidamente a conversa enquanto mexia os ovos, mas minhas mãos pararam de repente quando escutei as palavras seguintes do meu filho:

– Agora mamãe tá fazendo comida. A cozinha tá toda amarela, parece uma plantação de colza! Deve estar muito gostoso!

Ergui o rosto, surpresa. *Plantação de colza?* Talvez ele tenha tido essa sensação porque, além dos ovos, havia pratos amarelos espalhados pela bancada. Minhas omeletes abandonadas pareciam sorrir com o elogio.

– Mamãe, o papai quer falar com você.

Takumi me entregou o celular.

– Asami? Que incrível! O que você está cozinhando?

A voz meiga de Teryua me fez estremecer e deixei escapar um suspiro. Fui andando até a sala para que Takumi não pudesse me ouvir e desabafei com meu marido:

– Estou tentando fazer uma omelete para o bentô... – sussurrei entre soluços. – Mas está dando tudo errado!

– Está treinando para amanhã? Não precisa ser omelete, pode ser um ovo frito ou cozido.

– Não, tem que ser omelete. É a comida preferida dele. Você lembra? Ele escreveu isso num trabalho da escola no ano passado. Ele com certeza vai ficar decepcionado se não tiver omelete no bentô!

– Claro que não vai.

– Vai, sim! Tenho certeza! – exclamei, me sentindo derrotada. – Estou seguindo a receita direitinho, não entendo por que sai totalmente diferente. Que tipo de mãe eu sou se não consigo nem fazer uma omelete? Eu sou um desastre!

– Asami – ele me interrompeu.

Pelo tom de voz, achei que ele estava irritado, o que raramente acontecia. Ainda assim, me encolhi. Porém ele voltou a falar numa voz tranquila:

– Que frigideira você está usando?

– Como? A vermelha redonda...

– Essa é velha, o teflon já saiu e o ovo gruda no fundo. Não sei se você sabe, mas temos uma frigideira retangular própria para omeletes. Eu acabei de comprar, então está novinha e deve ser fácil de usar. Está guardada debaixo da pia, no armário com o puxador azul.

Com ele ainda na linha, voltei para a cozinha, abri o armário e lá estava ela. Pequena e retangular. Eu já tinha visto frigideiras assim nos livros de receita, mas jurava que eram usadas apenas para profissionais fazerem fotos bonitas.

– Primeiro você precisa aquecer bem. A frigideira tem que estar quente a ponto de chiar quando você despejar os ovos.

Use um papel-toalha para espalhar um pouco de óleo. Para temperar, uma pitada de sal. Você deve estar enrolando a omelete rápido demais. – Ele fez uma pausa. – Tente. Eu espero aqui.

Apoiei o celular numa prateleira e segui as instruções. Com essa frigideira retangular, leve, fácil de manusear, surgiu uma omelete incrivelmente linda. Espalhar os ovos até os cantos garantia que ela ficasse no formato correto. Não estava perfeito ainda, mas já estava muito melhor.

– Acho que consegui!

– Viu só?

– Que frigideira maravilhosa! – exclamei, deslizando a omelete facilmente para o prato, sem enrugar, quebrar ou grudar. – A redonda é uma porcaria.

– Não, a redonda também é ótima. É funda, resistente e extremamente fácil de usar. Só que é mais adequada para fazer frituras ou tofu refogado. Dá para cozinhar até macarrão nela. Já a retangular é boa para omeletes, é leve e prática. Mas não dá para preparar comida chinesa, por exemplo. É preciso ter o utensílio adequado para cada coisa.

O utensílio adequado. Essas palavras me consolaram. Olhei com carinho para a grande frigideira redonda, que havia lutado bravamente ao meu lado. Eu estava prestes a agradecer a Teruya pela ajuda e pela paciência, mas ele se antecipou:

– Você se empenhou muito. Não se menospreze, você é uma mãe incrível. Adoro esse seu jeito sério e ingênuo.

O buraco aberto pouco antes no meu peito foi sendo lentamente preenchido. Com aquele pequeno elogio, meu marido havia criado um porto seguro para mim.

– Espero que todo mundo goste dos seus quadros, Teruya – falei com sinceridade.

A partir de agora, vou me envolver mais nas tarefas e na vida doméstica. Essa ideia cruzou minha mente, mas, por enquanto, vou guardá-la apenas para mim. Posso começar aos poucos, cumprimentando Soejima amanhã de manhã quando deixar Takumi na escola.

– Posso comer um? – perguntou Takumi ao entrar na cozinha. Sua mãozinha apontando para as omeletes fracassadas era como uma borboleta branca pousada numa flor de colza.

Todos nós crescemos
Cor-de-rosa · Tóquio

—**P**rofessora Ena, me mostra suas mãos! – implorou Moeka, e eu hesitei um pouco.

Ela me olhava com seus olhinhos redondos cheios de expectativa. Assim que a mãe a deixou na escola, ela veio voando até mim como se não aguentasse mais esperar.

– Minhas mãos? Ok, aqui estão elas – respondi, e as estendi para a menina.

Uma expressão de decepção surgiu em seu rosto.

– Não vai mais pintar as unhas de rosa?

– Não, não vou – falei, com um sorriso gentil.

– Por quê?

Porque me proibiram.

Engoli essas palavras e segurei sua mão.

– Vamos até ali ler um livro?

Ela assentiu, mas seu "Por quê?" ficou pairando no ar, flutuou levemente ao meu redor e grudou no fundo da minha mente.

* * *

Tudo aconteceu na terça-feira da semana passada.

Eu tinha pintado as unhas para a reunião de ex-alunos da faculdade no feriado e acabei esquecendo de remover o esmalte antes de ir trabalhar. Desde que me formei na universidade, há um ano e meio, sou professora do jardim de infância.

A rigor, não é proibido pintar as unhas, mas há uma regra tácita entre as professoras. Algumas nem sequer usam maquiagem, quanto mais pintar as unhas. Então ninguém pinta.

Meu esmalte era um rosa bem clarinho, sem glitter ou nada que pudesse soltar ou machucar as crianças. Além disso, minhas unhas são sempre cortadas curtas. Bem discretas.

Porém, naquele dia, como eu havia esquecido de tirar o esmalte, passei toda a manhã evitando ao máximo que minhas mãos entrassem no campo de visão das professoras e das crianças.

Na hora do almoço, quando eu estava entregando copos de leite para as crianças, Moeka exclamou:

– Uau! Professora Ena, que mãos lindas!

Até pensei em esconder as mãos, mas era impossível. Ainda tinha copos para servir em minha bandeja. Depois de me certificar de que as outras professoras não haviam escutado, agradeci baixinho, sorri e coloquei às pressas os copos sobre a mesa.

Sentado ao lado de Moeka, Takumi anunciou, orgulhoso:

– A minha mãe também faz isso! Ela vai numa loja que desenha nas unhas.

Do outro lado da mesa, Ruru se inclinou para a frente para examinar minhas mãos. As pontas de suas tranças quase mergulharam no leite, mas afastei seu copo a tempo.

– Você também foi na loja? – perguntou ela, segurando meus dedos.

Agora não dava mais para escapar.

– Não, eu fiz sozinha, em casa.

– Dá pra fazer sozinha?

– Claro! É fácil!

Acabei de distribuir o leite e saí de fininho, com um sorriso nervoso congelado no rosto.

Na hora de ir embora, Moeka se aproximou de mim timidamente.

– Professora Ena, posso ver suas mãos de novo amanhã? – sussurrou.

Ao olhar as dela, quase soltei um grito de surpresa, mas consegui me segurar a tempo.

– Claro, tudo bem.

Nos dias seguintes, fui trabalhar sem tirar o esmalte.

* * *

– Venha comigo até a secretaria – sussurrou Yasuko enquanto eu arrumava a sala depois da aula.

Era sexta-feira à tarde. Eu a acompanhei sob os olhares curiosos e preocupados de alguns colegas.

Yasuko era uma professora com quinze anos de serviço, que não usava um pingo de maquiagem, nem mesmo para redesenhar as sobrancelhas. Eu achava uma pena, pois seu rosto ficaria lindo se maquiado. Mas minha opinião certamente não lhe interessava. Sempre tive a impressão de que ela não ia com a minha cara.

Entramos na secretaria, ela fechou a porta atrás de mim e ordenou:

– Deixe eu ver suas mãos.

Assim, sem rodeios, curta e grossa. Eu obedeci e estendi a mão direita. Yasuko segurou meus dedos com violência.

– O que deu em você para pintar as unhas?

Então ela largou minha mão como se estivesse imunda.

– Recebemos uma queixa da mãe de Ruru Soejima. Ela reclamou que, por sua causa, a filha pintou as unhas com canetinha. Você parece ter afirmado que ela podia pintar as unhas sozinha em casa. Por que enfiar uma ideia dessas na cabeça das crianças?

Eu tinha cruzado com a mãe de Ruru um pouco antes. Eu a cumprimentei, mas ela virou o rosto. Lembro de reparar na silhueta dela de costas, vestindo sua costumeira blusa listrada.

– Não foi bem isso...

– Não tente se justificar. As outras mães também perceberam! É a reputação da escola que fica comprometida, não apenas a sua.

Cerrei os dentes. Se ela já se convenceu de que sou culpada sem sequer me ouvir, não havia nada que eu pudesse fazer para me defender. Como permaneci em silêncio, Yasuko continuou:

– Você deve querer se embelezar para encontrar seu namorado no fim do expediente, mas trabalho é trabalho, vida pessoal é vida pessoal. É preciso separar bem as coisas.

Queria dizer que ela estava errada, mas desisti. Yasuko acha que está sempre certa. É inútil argumentar. Eu me empenho muito para fazer meu trabalho direito. No entanto, não sabia como explicar o motivo de não ter tirado o esmalte, tampouco estava segura de que havia feito a coisa certa.

– Quero que tire esse esmalte.

– Tudo bem – concordei, pronunciando as palavras com dificuldade.

Cerrei os punhos com força, como se, de algum modo, quisesse esconder minhas unhas cor-de-rosa.

Naquela noite, ao embeber um tufo de algodão com acetona, me lembrei de minha prima Mako. Eu a admirava desde pequena. Ela é bem mais velha do que eu, é bonita e inteligente. Ela me ensinou tudo: como prender os cabelos, como enrolar a echarpe no pescoço e como pintar as unhas.

No ensino médio, Mako foi estudar em Sydney, na Austrália, depois se formou em Pedagogia e agora dá aulas de inglês em um cursinho. Uma vez ela me explicou por que preferia trabalhar nesse local a ser professora numa escola comum: "Quero me relacionar com pessoas que realmente desejam aprender a falar inglês. Pessoas que estejam ali porque querem, não porque precisam tirar boas notas para passar de ano."

Em grande parte, escolhi minha profissão por influência de Mako. Eu me sentia bem pensando que seria chamada de professora. Mas esse era o único ponto em comum entre nós, e acho que enveredei por esse caminho sem ter um grande motivo em particular. Achava crianças fofas, só isso.

Depois de remover todo o esmalte das unhas, me esparramei na cama e peguei meu celular.

Abri o site oficial de uma revista de Sydney voltada para os japoneses chamada *CANVAS*, que trazia matérias variadas, um guia de restaurantes, informações sobre eventos e ofertas de trabalho. Enquanto estudava na Austrália, Mako foi entrevistada pela revista e fez amizade com a editora, e agora contribui com artigos de vez em quando.

A revista impressa só está disponível em Sydney, mas o conteúdo on-line é acessível no Japão, então eu sempre dou uma olhada.

Naveguei aleatoriamente por diversas matérias, sem um objetivo definido. Minhas unhas nuas se movimentavam para cima e para baixo rolando as páginas da revista no celular. Porém meus dedos estacaram quando li o título "Minha experiência de *Working Holiday*".

Eu já tinha ouvido falar sobre isso. É um tipo de visto que permite à pessoa residir na Austrália por cerca de um ano, podendo estudar, trabalhar e, é claro, viajar. Quando completou 29 anos, um colega meu havia pedido demissão do emprego para "aproveitar o *Working Holiday* enquanto ainda dava tempo". Isso devia significar que ele tirara o visto bem em cima do limite de idade. Portanto, eu ainda tinha alguns anos pela frente.

Digitei "Austrália" e "*Working Holiday*" no navegador e fiquei absorta lendo todas as informações que surgiram na tela.

Pelo que descobri, o visto de *Working Holiday* pode ser solicitado por qualquer pessoa entre 18 e 30 anos e está condicionado ao pagamento de uma taxa de 40 mil ienes. É necessário dispor de pelo menos 450 mil ienes para as despesas diárias, ter boa saúde, um passaporte e um cartão de crédito válido. Não há testes, provas nem entrevistas. Na verdade, nem precisa ir à embaixada australiana. Fiquei admirada por ser tão fácil.

Encontrei muitas fotos de japoneses abraçados com australianos, praticando mergulho ou tosquiando ovelhas. Aparentemente, a Austrália é um país seguro e acolhedor. Sempre achei que apenas pessoas como Mako, independentes e com um bom domínio do inglês, poderiam viver no exterior, mas, para minha surpresa, as coisas não eram tão complicadas quanto pareciam.

Por que não?

Eu recebia pouco, era atormentada pelas minhas colegas de trabalho e criticada pelas mães dos meus alunos. Será que viver na Austrália não seria melhor do que ficar ali, onde eu não podia sequer pintar as unhas? Mas o que eu faria lá? No momento não fazia ideia, mas devia haver alguma coisa. Afinal, eu sou jovem, saudável e não muito tímida. Talvez até conseguisse um namorado australiano! Poderia deixar para pensar em um motivo para morar na Austrália quando estivesse lá. Fiquei me imaginando de volta ao Japão fluente em inglês, trabalhando em uma empresa multinacional. Arranjar um emprego como intérprete ou na área de compras internacionais também seria incrível. Tudo isso era possível. Se eu começasse agora, eu poderia conseguir, não poderia?

E se eu pedisse demissão?

E se eu fosse para a Austrália?

Em meados de outubro, a diretora avisou que Moeka ia sair da escola. Seu pai fora transferido de repente e a família se mudaria na semana seguinte.

– Professora Ena! – chamou a mãe de Moeka quando foi buscar a filha na aula. Ela era muito reservada, e acho que estava falando comigo pela primeira vez.

– Muito obrigada pelo carinho com a minha filha.

– Vocês vão se mudar, não é?

– Sim.

Depois de um breve silêncio, enquanto eu pensava em algo para dizer, ela voltou a falar:

– Sabe, Moeka parou de roer as unhas – anunciou ela com um sorriso delicado. – Antes ela roía até o sabugo, às vezes de forma tão intensa que chegava a sangrar. Eu estava muito preocupada. Li em um livro de educação infantil que não se deve brigar com as crianças e mandá-las parar de roer as unhas, pois isso é um reflexo de carência afetiva. Eu a amo tanto, não sei por que ela fazia isso. Me sentia muito culpada.

Eu não sabia o que responder.

– Cerca de um mês atrás – continuou ela –, Moeka me contou que viu você com um lindo esmalte cor-de-rosa e falou que queria ter mãos bonitas como as suas. Por isso decidiu parar de roer. As unhas dela eram quebradas e irregulares, mas agora estão crescendo direitinho, fortes e saudáveis.

Sua voz estava trêmula. Eu também fiquei emocionada e quase derramei uma lágrima. Era maravilhoso ouvir aquilo. Então eu havia tomado a decisão certa ao manter o esmalte. Eu tinha a esperança de que, ao ver minhas unhas pintadas, Moeka achasse bonito e parasse de roer as dela. Talvez eu pudesse inspirá-la como Mako fizera comigo.

– Muito obrigada – agradeceu ela mais uma vez, se inclinando num cumprimento respeitoso.

– Mas... como eu logo tirei o esmalte, ela deve ter ficado desapontada – falei, hesitante.

A mãe se reergueu.

– Não, ela adorou ver suas unhas sem esmalte.

– O quê?

– A professora Yasuko não te contou?

Claro que não! Na verdade, o simples fato de o nome de Yasuko ser mencionado já era por si só inusitado.

– Minha filha gostou das suas unhas pintadas e com certeza foi isso que a levou a tomar a decisão. Mas, depois de você remover o esmalte, a professora Yasuko conversou com as crianças. Disse a elas que suas mãos eram de uma mulher que trabalhava muito. Que, se elas sorrissem bastante, se alimentassem bem e se mantivessem sempre alegres e interessadas, também teriam unhas tão lindas quanto as suas. Então ela disse às crianças que, quando se tornarem adultas, poderão pintar suas unhas saudáveis quando desejarem.

Yasuko realmente disse aquilo?

Fiquei tão atordoada que não encontrei palavras para responder. Então a mãe de Moeka olhou para as próprias mãos.

– As unhas são um termômetro da saúde. Por muito tempo não dei atenção às minhas. Meu marido estava sempre ocupado trabalhando, quase não parava em casa, e eu estava estressada por ter que cuidar da nossa filha sozinha... Percebi como isso estava me fazendo mal. Mas acredito que com essa mudança no trabalho dele possamos passar mais tempo juntos. Quero voltar a me sentir bem para que eu e Moeka possamos ter lindas unhas cor-de-rosa um dia.

Ela sorriu, e notei como seus olhos eram parecidos com os da filha.

– Mamãe! – ouvimos a voz alegre de Moeka, que vinha correndo em nossa direção.

∗ ∗ ∗

– Despedidas são tão tristes, não? – disse uma voz atrás de mim.

Quando me virei, dei um pulo de surpresa ao ver Yasuko. Ela franziu a testa, visivelmente magoada por eu reagir como se tivesse visto uma cobra venenosa.

– Não precisa se espantar desse jeito. Eu estava aqui há algum tempo para falar com você.

Meio sem graça, Yasuko desviou o olhar para Moeka e a mãe, que caminhavam em direção ao portão.

– Bem, eu... – comecei, mas ela não me deixou continuar e finalmente me olhou nos olhos.

– Sei que você está dando o seu melhor.

Sua delicadeza me pegou desprevenida. Talvez ela me entendesse mais do que eu imaginava, afinal. Ao me ver tão afetada, no entanto, ela endureceu o tom.

– Se você tivesse me dado uma explicação, eu não teria repreendido você daquele jeito! Em vez de ficar calada, com a cara fechada, devia ter me falado a verdade.

Ela falava com sua severidade habitual, mas dessa vez não percebi isso como intimidação. Não porque ela tivesse mudado, mas porque a minha percepção sobre ela, sim.

– Eu não sabia explicar – respondi. – Além disso, era compreensível o incômodo da mãe de Ruru.

– Não importa. Quero que você sempre seja franca comigo. – O tom de voz dela se tornou ainda mais sério. – Eu vivi uma experiência parecida quando tinha mais ou menos a sua idade. Um dia, fui trabalhar com um hidratante labial levemente colorido. Não era batom, mas, mesmo assim, ao pegar uma criança no colo, manchei sua camisa. Era um menino. A mãe dele me acusou de coisas horríveis.

– Que absurdo!

– Sim, mas eu é que estava errada. Por isso, desde então nunca mais usei maquiagem. Sei que algumas mães acham que mulheres adultas devem se maquiar sutilmente para estarem apresentáveis. Cada um com sua opinião, não é? Seu esmalte colorido, por exemplo, sem dúvida desempenhou um papel importante para que Moeka parasse de roer as unhas. No entanto, nem sempre as coisas fluem numa direção positiva, e não temos como prever se os pais entenderão nossas ações. Só nos resta intuir o que é melhor para as crianças caso a caso.

Eu assenti. Meu coração estava estranhamente tranquilo.

Tudo que fazemos tem uma consequência. Buscamos o que é certo sem saber se nossas escolhas serão corretas, mas vamos aprendendo com nossos erros, dando o nosso melhor. As crianças crescem muito depressa, e com certeza também crescemos ao lidar com cada uma delas.

– É complicado mesmo... Mas agora entendi que é isso que torna a tarefa de ensinar tão desafiadora – concluí, emocionada.

– Só agora? Que ingrata, Ena! – exclamou Yasuko em tom de brincadeira. – Sempre tentei te ensinar essas coisas, por isso sempre fui tão rigorosa! Na verdade, você se parece muito comigo quando eu era jovem.

– O quê?! – reagi por reflexo.

– Isso te incomoda?

– Não... de jeito algum!

Nós duas rimos juntas. Era a primeira vez que isso acontecia, mas no fundo fazia tempo que eu esperava uma oportunidade de ter uma conversa assim com ela.

Já sei o que vou fazer, pensei.

Não vou largar o trabalho agora. Vou dar o melhor de mim. O desejo de Moeka de ter unhas bonitas, o sorriso grato de sua mãe e a aproximação com Yasuko me deixaram feliz. Ainda havia muitas coisas que eu desejava fazer naquela escola. Eu tinha encontrado o motivo para estar ali.

Lado a lado, eu e Yasuko cumprimentamos os pais que levavam seus filhos para casa.

– Até amanhã, cuidem-se!

Ao cruzar o portão, Moeka se virou e deu um tchau entusiasmado para nós.

O caminho certo
Azul · Tóquio

— Você conhece a tradição dos quatro elementos? – perguntou Risa enquanto deslizava o dedo pela borda da xícara de chá.

Antigamente nós duas costumávamos sair para descobrir bares e restaurantes e chamávamos esses passeios de "excursões gastronômicas". Mas Risa estava fazendo dieta até seu casamento, no mês seguinte.

Fazia bastante tempo que não nos víamos. Em vez de me convidar para sair à noite ou almoçar, ela sugeriu um chá à tarde. Fomos então ao Café Marble, que fica do outro lado da rua, pertinho do jardim de infância onde trabalho. Apesar disso, eu nunca tinha ido lá. A cafeteria, oculta pelas cerejeiras da alameda, é linda, limpa e clara. As paredes são decoradas com pinturas de ilusão de ótica feitas por um artista muito comentado recentemente. O jovem garçom estava atarefado, mas de vez em quando nos lançava um olhar doce, como se para verificar se não precisávamos de mais nada.

Tomei um gole do café com leite e respondi à pergunta de Risa.

– Sim, conheço.

– Ah, é mesmo? – Risa pareceu surpresa.

Quatro elementos diferentes.

Algo velho, algo novo, algo emprestado, algo azul. Segundo a tradição, a noiva será feliz se usar esses quatro itens na cerimônia de casamento. A antiga cantiga da qual a lenda se originou cita também um quinto elemento, "uma moeda de seis centavos de prata dentro do sapato", muitas vezes omitido.

– Você é incrível, Yasuko! Você sabe tudo, não me espanta que seja professora!

Olhei pela janela, sem responder à provocação.

Risa e eu éramos amigas desde os tempos da escola.

Conversávamos sobre tudo.

Compartilhávamos muitas coisas.

Até na solteirice éramos parecidas.

Quando completamos 30 anos, Risa sugeriu: "Se ainda estivermos solteiras aos 60, deveríamos morar juntas!" Eu respondi, rindo: "A ideia não me agrada, mas acho que não vou ter opção!" É claro que aquilo não passava de uma brincadeira, mas, pensando bem, talvez fosse uma possibilidade divertida.

Seis anos se passaram desde então.

Dois anos atrás, enquanto jantávamos em um restaurante italiano, Risa me contou que estava namorando e que cogitava se casar. *Droga!*, pensei secretamente. Tínhamos 34 anos, uma faixa etária comum para se casar.

Naquele momento me lembrei de quando Risa sugeriu que participássemos de uma maratona para jovens. A ideia era corrermos lado a lado, mas na reta final ela simplesmente disparou na minha frente. Tudo bem, eu não me importava com a maratona, mas fiquei com uma impressão estranha, e cheguei a pensar: "Esse é o tipo de pessoa que ela é."

Por isso, quando ouvi a palavra "casamento" sair de sua boca, a imagem das costas de Risa se afastando naquela maratona cruzou minha mente. Felizmente consegui pronunciar uma frase clichê como "Que ótima notícia!", que era o que se esperava que eu dissesse. Eu deveria ficar feliz por ela.

No entanto, no instante em que ela abaixou a cabeça e declarou que ele estava finalizando o processo de divórcio, meu sorriso forçado desapareceu.

– Mas ele já estava morando separado da mulher antes de nos conhecermos – ela se apressou em explicar.

– Não faça isso, Risa! – adverti. – Você precisa largar esse homem. Ele está te enrolando. Ele não vai se divorciar!

Fiquei fora de mim, mas ela se limitou a dizer:

– Você não entende!

Da mesa vizinha ressoou o ruído de um garfo batendo no prato. Risa desviou o olhar.

– Eu invejo você, Yasuko. Você tem sorte de ter um bom emprego, de gostar do que faz. Professora de jardim de infância é uma profissão bem vista pela sociedade, e a confiança que depositam em você só aumenta com o passar do tempo. Já eu sou apenas uma funcionária temporária em um escritório. Não tenho nenhuma qualificação ou habilidade especial e vivo tensa, com medo de me mandarem embora.

Várias pessoas já tinham me falado algo parecido. "Você tem sorte de ter um bom emprego." "Que bom trabalhar com algo que você gosta." "Que maravilha receber dinheiro só para brincar com crianças." Que absurdo! É um grande equívoco acharem que eu passo o dia me divertindo com as crianças, brincando, cantando, e que meu trabalho termina quando elas vão embora. Talvez seja difícil de acreditar, mas muitas vezes precisei virar a noite preparando materiais para a aula do dia seguinte. Isso sem contar com o tempo que passo lidando com as reclamações e as demandas dos pais e das outras professoras.

Risa era a única pessoa com quem eu me sentia à vontade para me queixar sobre essas coisas, por isso fiquei tão espantada com o comentário dela. Ela tinha conseguido aquele emprego temporário – do qual se queixava tanto – graças aos contatos do pai. Mas eu estudei, me especializei, corri atrás de trabalho e conquistei minha posição por meu próprio mérito. Era difícil ouvir que eu tinha "sorte" e que ela tinha inveja de mim por disso.

– Qualificação é só uma questão de esforço – respondi, irritada. – Você precisa estudar, se preparar, se empenhar para conseguir um trabalho. É ingenuidade sua usar o casamento para fugir disso.

– Não é isso... Eu o amo.

– Se ele está no meio do processo de divórcio, significa que ainda é casado. Você não vê que essa conversa de casamento é pura enrolação?

Risa ficou calada por um tempo, depois abriu um sorriso triste.

– Você não entende, Yasuko.

– Não mesmo – concordei, e não falei mais nada.

Não entendo nem quero entender. Foi o que eu pensei. Ela própria não me compreendia. Nem fazia ideia do que acontecia em minha vida.

Depois daquele dia, não nos falamos por um bom tempo.

Até que, cerca de um ano após aquela conversa desconfortável, recebi um cartão de Ano-Novo de Risa. Dizia apenas: "O divórcio dele foi concluído." Sinceramente, não acreditei. Eu poderia jurar que o relacionamento deles não iria adiante. E o tom daquele cartão era tão seco que nem consegui responder. Além disso, parecia estranho parabenizá-la por ele ter se divorciado. Então fiquei na minha.

No início de outubro ela me telefonou para avisar que a data do casamento fora marcada e acabamos nos reconciliando. Algum tempo depois chegou o convite da festa, confirmei minha presença e recebi um e-mail de Risa. E foi assim que nos encontramos naquele café.

– Consegui reunir três dos quatro elementos. Para algo velho, vou usar o colar de pérolas da minha mãe; para algo novo, talvez um lenço de renda; e para algo emprestado, pensei nas luvas que minha irmã mais velha usou no casamento dela. Só falta encontrar algo azul.

De fato era difícil imaginar um item azul em um vestido de noiva branco.

– Talvez seja melhor usá-lo em algum lugar onde ninguém veja... Ouvi dizer que decorar a cinta-liga com um laço azul é uma tendência em outros países – comentou ela, quase num sussurro.

– Cinta-liga?

– Sim. Mas eu nunca vi uma, para falar a verdade.

Risa corou. Não era um objeto obsceno, mas ela tinha vergonha de falar sobre essas coisas.

– O que acha de experimentar uma? – sugeri de brincadeira, zombando da timidez dela.

– Nem pensar! – reagiu imediatamente. – Além disso, nunca fui fã de azul. É uma cor meio fria.

– Você acha? Eu gosto de azul. Transmite segurança e honestidade.

– É bem a sua cara, Yasuko.

De repente, Risa soltou um suspiro. No estranho silêncio que pairou entre nós, percebi que ambas estávamos pensando na discussão do nosso último encontro. Durante um tempo permanecemos caladas, sem nos encararmos. Sem opção, acabei de tomar o meu café com leite e o meu copo d'água.

Quem quebrou o silêncio foi Risa.

– Lembra que eu disse que você não entendia? – perguntou ela calmamente, após tomar um gole do chá.

– Sim.

– Me desculpe por ter falado daquele jeito. Eu me arrependi muito.

– Está tudo bem...

– Sempre achei você uma pessoa incrível, Yasuko. Desde os tempos da escola, você sempre soube exatamente o que queria da vida e seguiu firme nesse caminho. Eu vivia perdida, me desviando e pegando atalhos... Mas nada me entusiasmava. Nunca tive um sonho para perseguir. Não sou muito inteligente e não sei explicar isso direito, mas acho que a gente não escolhe o que deseja fazer... É uma questão de destino, sabe?

Fiquei surpresa. Era a primeira vez que eu via Risa se expressar assim, tão claramente e com tanta intensidade. Um cliente que lia o jornal de esportes no balcão nos observou de soslaio. Fiquei com medo de sermos repreendidas e quase pedi que ela falasse um pouco mais baixo. Mas não consegui interrompê-la.

– Acontece que, quando conheci esse homem, senti pela primeira vez na vida que queria muito alguma coisa. Muito mesmo. Talvez não fosse certo, mas eu desejei desesperadamente me casar com ele. Era com ele, com mais ninguém.

Seus olhos reluziam. Pareciam dominados pelos desígnios do destino. Será que não temos mesmo controle sobre nossos desejos?

– Mas, sabe, descobri que o desejo é algo incrível. Porque um desejo leva a outro. Eu só queria me casar, e agora que isso está prestes a se tornar realidade...

Ela hesitou um pouco, depois falou em voz baixa mas firme:

– Eu quero ser mãe. – Ela deu de ombros, tímida. – Desconhecia esse meu lado insaciável. Isso me assusta um pouco.

Enquanto procurava palavras para responder, ouvi a vibração de um celular. Risa enfiou a mão na bolsa.

– É o Hiroyuki. Me dá licença um instante.

Ela se levantou e saiu do café levando o celular. Fiquei um pouco irritada por ter sido deixada sozinha. Hiroyuki devia ser seu noivo.

Risa sempre foi assim. Tínhamos temperamentos diametralmente opostos. Por que eu tinha me tornado amiga dela? Éramos *realmente* amigas? Por que nos dávamos bem? O que eu gostava nela?

Numa situação parecida, eu nunca largaria minha amiga para atender a uma ligação.

– Não se deixa as pessoas esperando desse jeito – murmurei, indignada.

– Eu... eu sinto muito – disse uma voz atrás de mim.

Ao me virar, vi o garçom de pé com um jarro de água na mão. Ele estava vindo encher nossos copos.

– Ah, não! Eu não estava falando de você...

Ele se curvou e despejou água nos copos. Tinha o rosto sorridente e sereno de alguém que acaba de sair do banho. Ainda é jovem, provavelmente da idade de Ena, uma colega da escolinha onde trabalho. Senti nele uma cortesia à moda antiga.

– É que minha amiga saiu para atender um telefonema e me largou aqui sozinha. Isso me deixou um pouco chateada.

Enquanto eu me justificava, o garçom sorria.

– Se me permite opinar – disse ele –, sair para falar ao telefone sem incomodar os outros clientes é um sinal de boas maneiras!

Fui pega de surpresa. O que eu considerava falta de educação podia ser algo positivo se visto de outra perspectiva.

Não sei o que naquele rapaz me deixou à vontade para fazer um comentário pessoal:

– Sempre tentei seguir o caminho mais reto possível, fazendo o que as pessoas esperavam de mim... Será que eu errei em algum lugar?

– Acredito que o que importa não é seguir um caminho reto, mas se esforçar para seguir reto em um caminho tortuoso.

* * *

Ao ouvir aquilo, me lembrei novamente da maratona. Risa tinha acelerado o passo ao dobrar a curva próxima à linha de chegada, depois de dar de cara com nosso professor de matemática – um sujeito tirano e superficial que adorava humilhar seus alunos.

Algum tempo antes, ao passar por nós duas durante o intervalo das aulas, ele tinha dito para Risa: "Você deveria se afastar de Yasuko para não infectá-la com a sua estupidez." Ela dera um sorriso sem graça e seguimos em frente. Mas, pensando agora, depois disso ela passou a evitar ficar perto de mim na frente do professor. Eu nunca dei importância às palavras dele, talvez porque eu o considerasse um idiota. Mas Risa deve ter ficado terrivelmente magoada ao ouvir aquilo. E por isso deve ter corrido com todas as forças para se afastar de mim na maratona. Eu nem percebi. Quem agiu como uma idiota nessa história fui eu.

– É difícil se colocar no lugar de outra pessoa, né? – comentei com o garçom, de maneira vaga.

– Sim. Mas, mesmo não conseguindo, talvez seja possível mostrar a essa pessoa que nos importamos com ela. Além disso, pode ser divertido imaginar o que ela está pensando ou sentindo – disse ele, com um ar sonhador.

Ele é uma pessoa fácil de compreender. Esse tipo de ingenuidade ainda existe. Sorri e tomei um gole de água.

– Espero que dê tudo certo entre você e essa pessoa que o deixa feliz só de imaginar – falei.

Ao ouvir isso, o rapaz enrubesceu.

Risa voltou.

– Desculpe, Yasuko. A avó de Hiroyuki sofreu uma queda hoje de manhã e se machucou. Ele suspeitou que ela tivesse quebrado algum osso, mas os exames não revelaram nenhuma fratura. Com dois dias de repouso ela deve estar bem. Ela é idosa e mora sozinha, por isso ficamos preocupados. Felizmente está tudo bem!

De fato, era um telefonema que ela precisava mesmo atender.

– Você não quer ir ficar com ela no hospital?

– Não. Conversei com Hiroyuki hoje cedo, e ele ficou com a avó para que eu pudesse vir aqui. Ele sabia que esse encontro era muito importante para mim. Eu queria muito te ver.

Fiquei maravilhada com sua capacidade de se exprimir com tanta espontaneidade.

Desde os tempos de estudante as pessoas me detestavam. Talvez "detestar" seja uma palavra muito forte; eu, no máximo, era respeitada ou temida. Por causa disso era sempre forçada a ser representante de turma. Na ausência de candidatos, o professor me nomeava. E, uma vez tendo sido designada, eu dava o meu melhor. Mesmo assim, era tratada com desprezo. Não entendia o que havia de errado em chamar à atenção dos rapazes que se recusavam a ajudar os professores ou das meninas que batiam papo durante a aula.

Em minhas raras experiências amorosas acontecia a mesma coisa. Os homens me deixavam sob o pretexto de que eu os sufocava. Ou então diziam que eu tentava impor meu ponto de vista.

Com Risa, no entanto, era diferente.

Ela era sensível, introvertida e meio chorona. Apesar disso, por algum motivo não me evitava ou temia. Pelo contrário, ela se abria facilmente comigo. Um dia ela me disse: "Eu me sinto muito à vontade ao seu lado. Posso falar tudo o que penso, porque sei que você nunca falaria mal de mim pelas costas. Você não mente."

Acho que as crianças gostavam de mim pela mesma razão. Até aquelas que são paparicadas e tratadas com carinho excessivo pelos adultos acabavam se aproximando de mim. Foi por isso que eu quis trabalhar com elas. Queria ensinar o caminho que eu considerava correto – porque estava cansada de lidar com adultos que se desviavam dele.

– Risa, você pode me esperar aqui por dez minutinhos?

Saí a toda do Café Marble. Lembrei de uma loja de lingerie que havia do outro lado da ponte, em um prédio comercial próximo à estação. Corri o mais rápido que pude.

Eu jamais me apaixonaria por um homem casado.

Eu não teria vergonha de usar uma cinta-liga.

Eu não conseguiria juntar os quatro elementos.

Mas...

E Risa? E se eu estivesse no lugar dela?

Cheguei ao prédio e entrei na loja situada no subsolo.

Na butique pequena e com iluminação suave havia apenas uma funcionária, uma mulher jovem de cabelos cacheados. Procurei não por uma cinta-liga, mas por calcinhas. Parecia haver apenas uma peça de cada modelo.

Azul-escuro. Azul-claro. Azul com bolinhas. Azul com rendas. Eram lindas, mas não eram o que eu procurava.

De repente, encontrei.

– Com licença, poderia me mostrar esta aqui? – pedi à vendedora.

Ela sorriu e retirou a peça da vitrine.

– Ótima escolha! É de seda pura, com um toque suave na pele – explicou.

A peça era mesmo incrível: de um lindo azul-celeste, simples, delicada e elegante. Exatamente o que eu desejava.

– Você pode embrulhar para presente? É para uma amiga muito querida.

– Claro, só um minuto.

Ela pegou um papel de presente e envolveu a lingerie com todo o cuidado, como se manuseasse um bolo.

– Esta peça é a criação de que mais me orgulho! – declarou.

Terminada a tarefa, ela colocou o pacote em uma sacola de papel com a logo da loja e me entregou.

– Aqui está. O nome dessa calcinha é "MARIA".

– Maria? – repeti, surpresa.

– Sim, azul é a cor da Virgem Maria! Lembra as vestes de Madre Teresa? Nela há listras azuis porque simbolizam Nossa Senhora.

Parecia bom demais para ser verdade!

A Virgem Maria não era a mãe de todas as mães? Viu, Risa, o azul não é uma cor fria!

Peguei a sacola e voltei correndo para o Café Marble. Chegando lá, encontrei Risa olhando distraidamente pela janela. Sentei na frente dela, ofegante.

– Pronto, agora você tem algo azul e invisível! – exclamei,

entregando o embrulho para ela. – Você teria vergonha de usar uma cinta-liga, mas acredito que uma calcinha você possa usar sem dificuldade!

– Hã, o quê? Você saiu para comprar uma calcinha para mim?

– Sim! Algum problema?

Ah, por que eu sempre acabo usando esse tom arrogante? Eu estava apenas sem graça. Mas Risa pegou a sacola com aquele sorriso que tantas vezes suavizou meu coração.

– Não, claro que não. É que é raro você agir de forma tão carinhosa!

Risa começou a abrir o pacote sem se importar com o olhar das pessoas ao redor, mesmo sabendo que se tratava de uma roupa íntima. No instante em que viu a peça, soltou um sonoro "Uau!".

– É linda! Graças a você agora tenho os quatro elementos! Obrigada!

Depois de alguns instantes inebriada pelo sorriso dela, mudei de assunto.

– Sabe, Risa, é difícil lidar com crianças.

Ela se virou para mim ainda segurando a calcinha. Eu continuei:

– Elas são difíceis, adoráveis, engraçadas, frágeis e fortes, tudo ao mesmo tempo. Não podemos tirar os olhos delas nem por um segundo, mas elas crescem de repente e compreendem as coisas melhor do que imaginamos. São criaturas incríveis.

Risa me ouvia com atenção. Olhei bem dentro dos olhos dela.

– Por isso, você precisa estar preparada. Não há nada de errado em ter muitos desejos. Não há nada de errado em querer ser mãe. Torne-se uma mulher cheia de sonhos, ame muito Hiroyuki e carregue uma criança no seu ventre, de preferência vestindo esta calcinha!

Ela baixou a cabeça, apertando o presente com força. Cerrou os lábios e abriu bem os olhos, como se estivesse brava. Mas eu conhecia aquela expressão. Ela estava se segurando para não chorar.

– Risa.

Ela ergueu o rosto.

– Parabéns. Estou muito feliz por você.

Finalmente consegui pronunciar essas palavras, e ela desabou em lágrimas.

Uma semana após o casamento, recebi um cartão-postal de sua lua de mel, em Sydney.

Estamos nos divertindo muito e o tempo está maravilhoso. O céu daqui é tão bonito quanto o desta foto!

Um azul-celeste majestoso preenchia toda a imagem. Prendi o cartão na parede, para que eu nunca mais me separasse daquele azul.

Um encontro inesperado
Vermelho · Sydney

"Se nos perdermos um do outro, nos encontramos em frente às girafas."

Combinamos assim e começamos a visita, mas não demorou muito até eu perder Hiroyuki de vista. E já fazia quinze minutos que eu estava observando as girafas.

O zoológico de Taronga é o maior da Austrália. Embora eu não fizesse ideia do que seus 21 hectares representavam em termos de tamanho, me parecia grande o suficiente para sair à procura de Hiroyuki. O zoo abriga mais de 340 espécies, e as girafas eram apenas a quarta delas a partir da entrada. Uma volta completa no parque levaria o dia todo, e esse atraso nos impediria de ver diversos animais. Os coalas estavam dormindo e eu ainda não tinha visto nem os cangurus nem as emas.

Era dezembro e estávamos em pleno verão em Sydney, mas, ao contrário do calor úmido de Tóquio, ali os raios de sol eram bem intensos. Com o chapéu enterrado na cabeça, bebi uma água com gás enquanto esperava pelo meu marido.

O zoológico está situado perto do mar. Atrás do espaço das girafas, a Baía de Sydney se estende até o horizonte, e, além dela, um denso grupo de prédios se enfileira. Girafas, mar, arranha--céus. Uma paisagem muito peculiar.

Na noite anterior, em um restaurante japonês, eu tinha pegado uma revista gratuita chamada *CANVAS*, aparentemente destinada aos japoneses que moram em Sydney. Encontrei um lugar à sombra e comecei a folhear.

Era uma edição especial de Natal, que se aproximava.

Será que o Papai Noel chega surfando na Austrália?

Havia uma ilustração do Papai Noel em trajes de banho vermelhos e óculos escuros, em cima de uma prancha de surfe. Fazia sentido, afinal, era verão. O desenho estava tão engraçado que não consegui conter o riso.

Pensando bem, de fato parecia uma tarefa complicada. Normalmente as renas o ajudavam, carregando-o sentado junto com os presentes. Mas se o bom velhinho não fosse muito atlético, seria difícil surfar cheio de sacolas e pacotes. Ele teria que tomar cuidado para os presentes não molharem ou caírem na água. Fora que devia ser meio triste ter que atravessar o oceano sozinho. Se eu fosse Papai Noel e tivesse sido enviada para a Austrália, seria um fracasso. Não sei surfar.

Enquanto minha mente viajava, eu procurava Hiroyuki com os olhos.

Ele é um homem bom. É chefe de departamento na terceira empresa em que trabalhei depois de me inscrever em uma agência de empregos. É gentil, divide comigo as tarefas domésticas e não é sovina. Não me critica quando cometo um erro e nunca trata ninguém com arrogância. Quando debatemos sobre o destino de nossa lua de mel e eu propus Sydney, ele disse: "Boa ideia, vou dar uma pesquisada." Não falou "Qualquer lugar tá bom" ou "Não quero ir para Sydney". E, de fato, ele "deu uma pesquisada" e selecionou várias agências de viagem e pacotes turísticos. É um homem de palavra.

Nós nos casamos pela manhã e logo depois da cerimônia pegamos o avião. Era o nosso segundo dia em Sydney e o terceiro desde que me tornei esposa dele. *Sou a esposa de Hiroyuki.* Quando penso nisso, sinto ao mesmo tempo um grande alívio e uma profunda inquietude.

Enrolei a revista e a coloquei na bolsa, depois olhei o relógio. Vinte minutos haviam se passado. Nada de Hiroyuki aparecer.

Uma girafa atrás de mim curvou o pescoço com vigor. Não devia ser nada prático ter um pescoço tão comprido.

Aliás, quando uma girafa tem dor de garganta, onde será que dói?

Seus enormes cílios pareciam postiços e emitiam uma espécie de farfalhar cada vez que ela fechava os olhos. Outra girafa se aproximou e se juntou à primeira, mastigando folhas e contemplando os prédios ao longe.

– Uau, como ela é elegante!

Virei-me para ver de onde vinha o elogio e deparei com uma senhora de estatura baixa, acompanhada de um senhor igualmente baixinho e sorridente.

Claro, quem era elegante não era eu, mas a girafa.

– A padronagem das manchas é linda e o formato da cauda é tão gracioso!

– Sim! E elas parecem estar usando uma coroa, não é?

O casal de idosos conversava carinhosamente entre si. Lembrei que já havíamos nos encontrado no saguão do aeroporto de Narita. Naquele dia, pela etiqueta da agência de viagens presa em suas malas, percebi que estavam fazendo o mesmo pacote turístico que eu e Hiroyuki. Eles pareciam muito felizes.

Percebendo meu olhar levemente invejoso dirigido a eles, a idosa sorriu para mim e puxou assunto:

– Olá! Estávamos no mesmo voo, não?

– Sim.

– Onde está seu acompanhante?

– Acabamos nos perdendo um do outro... – comentei, abaixando a cabeça, um pouco envergonhada.

– Ah, entendo. Vocês são recém-casados?

– Sim, nos casamos há apenas três dias.

– Que maravilha! – exclamaram os dois ao mesmo tempo.

Eles não só tinham a mesma estatura, como seus traços eram semelhantes. Pareciam dois amendoins juntinhos dentro da mesma casca.

– É difícil encontrar alguém em um parque imenso como este – disse a senhora.

– Está tudo bem. Combinamos de nos encontrar em frente às girafas caso nos perdêssemos, então só preciso esperar. Ele não deve demorar. Ele desaparece com frequência – falei com um sorriso autodepreciativo.

Era verdade. Não que ele não seja um bom companheiro, mas muitas vezes me irrita com essa mania de me deixar sozinha sem avisar.

Talvez ele não me ame tanto assim, afinal.

Eu me esforçava para evitar ter esse tipo de pensamento, mas o fato de ele ser divorciado alimentava meus medos. Quando nos conhecemos, ele não morava mais com a ex-mulher, mas ainda assim eu continuava tentando me convencer de que eu não o havia "roubado" dela.

Eu queria desesperadamente me casar com ele. Era a primeira vez que eu sentia algo tão forte por alguém. Quando meu desejo finalmente se concretizou, voltei a me questionar por que seu casamento anterior tinha fracassado. Achei melhor não perguntar, e, no fundo, acho que não queria saber. Não era da minha conta.

No entanto, no início do relacionamento, eles gostavam o suficiente um do outro para decidirem se casar. Um dia, haviam jurado amor eterno. Se as pessoas se casam porque estão ligadas pelo fio vermelho do destino, por que tantas se divorciam? Não havia nenhuma garantia de que isso não aconteceria com a gente também.

Várias crianças passaram correndo por nós, todas berrando em um inglês incompreensível para mim. Apesar da agitação, o espaço era tão amplo que o barulho não me incomodou. Aquele lugar era mesmo bonito. Os caminhos estavam devidamente pavimentados, mas a área dos animais era repleta de árvores e flores, dando a impressão de que viviam confortavelmente em meio à natureza. Como se estivessem em uma selva em miniatura.

– Mesmo desaparecendo de vez em quando, ele acaba voltando, não é? – perguntou a senhora.

Eu ergui o rosto.

– Com certeza. Ainda assim, me sinto meio mal por isso acontecer até na nossa lua de mel.

– Eu entendo... Mas quando se vem para um lugar tão interessante quanto este, nossa curiosidade talvez acabe nos fazendo ir em frente sem nem perceber, não é verdade? – disse ela.

Seu olhar afetuoso tranquilizou meu coração.

– Há quanto tempo vocês estão casados? – perguntei.

– Há cinquenta anos. Nossa filha nos deu esta viagem de presente para celebrar nossas bodas de ouro. Ela veio a Sydney dois anos atrás, para o casamento de uma amiga de infância, e adorou a cidade.

Ela sorriu, e seu marido abriu um sorriso quase simétrico ao dela. Ao me ouvir dizer "Sua filha cuida muito bem de vocês", a idosa se tornou mais eloquente.

– Pii, nossa filha, tem uma loja de lingerie em Tóquio. Ela sempre foi habilidosa com as mãos e costumava confeccionar vestidos e outras coisas, mas a certa altura começou a demonstrar interesse por roupa íntima. Agora ela vende peças que ela mesma cria. Dê uma passada para conhecer a loja dela um dia!

– Claro – prometi.

Era incrível imaginar que um ser humano tinha saído de dentro de uma senhora tão pequena. A bebê nasceu e começou a andar, a menina se tornou adulta, ofereceu uma viagem de presente aos pais e tem sua própria loja. Se os dois não tivessem se unido, ela nem existiria neste mundo.

Que incrível! O nascimento de uma pessoa é algo fantástico.

Quando comentei com minha amiga Yasuko que eu queria ter um filho, ela disse algo como "Você precisa estar preparada". Até conhecer Hiroyuki, eu nunca tinha pensado em ser mãe. Eu me achava incapaz de gerar e criar uma criança.

Porém, quando decidimos nos casar, comecei a considerar seriamente essa ideia.

Até então eu nunca havia desejado algo fervorosamente. Os sentimentos de amor e desejo pareciam brotar de um local distante de mim, como uma dádiva com a qual não fora abençoada. Por isso fiquei chocada ao me apaixonar tão perdidamente por Hiroyuki e querer ter filhos com ele. A única explicação para esse desejo, se é que existia uma, era que Hiroyuki era minha alma gêmea. Eu não sabia o que seria de mim sem ele. Mas essa preocupação eu não revelava a ninguém.

– Viver cinquenta anos em harmonia é sinal de que vocês estão ligados pelo fio vermelho do destino... – concluí, emocionada.

– Fio vermelho? – disse a idosa, séria de repente.

– Do destino? – completou o marido.

Em seguida os dois se entreolharam e caíram na risada.

– Veja só, ainda existem moças românticas que acreditam no tal fio vermelho do destino que liga duas pessoas! – exclamou o homem.

Eles não pareciam estar zombando de mim; ao contrário, seu jeito de falar era emotivo e acolhedor. A idosa fez um gesto de negação com a mão.

– Não pense que vivemos todos esses anos em harmonia! Muitas coisas aconteceram. E de repente cinco décadas haviam se passado.

– Alguma vez pensaram em se separar?

– Sim, sim, em algumas ocasiões. E ninguém sabe o que o futuro nos reserva!

Eu não conseguia acreditar. Seria aquele também meu destino com Hiroyuki?

– Encontrar um amor eterno é tão difícil assim?

Imaginei que eles fossem repetir "Amor?" e "Eterno?", como fizeram antes com os "fios vermelhos do destino", mas dessa vez não acharam graça.

– Sim, é muito difícil, mas ao mesmo tempo é muito fácil. Ninguém ama porque decide amar. O amor é livre em sua essência.

A senhora se virou para as girafas, que aproximavam a cabeça uma da outra.

– Talvez por isso os seres humanos façam seus votos na cerimônia de casamento – comentou ela.

Os animais, por sua vez, não fazem promessas. As duas girafas encostaram de leve seus enormes pescoços em silêncio.

– Risa! – de repente ouvi alguém chamar.

Hiroyuki estava atrás de mim e eu nem havia percebido.

– Desculpe, fiquei tão fascinado com os animais que acabei seguindo em frente, vendo um após o outro. Eu vi os ornitorrincos! Dizem que eles custam a aparecer, então devo ter tido sorte, pois, quando cheguei, eles estavam nadando. Vamos voltar lá para você vê-los!

Suas bochechas estavam coradas de excitação. Eu havia me sentido ignorada, mas, como sempre, a alegria no rosto dele fez minha tristeza desaparecer.

A senhora riu de Hiroyuki.

– Então você é o marido de três dias! Olá!

Apesar de soar um pouco grosseiro da parte dela, Hiroyuki devolveu o cumprimento com bom humor. Esse lado do temperamento dele sempre me deixava admirada.

– Este casal me fez companhia enquanto eu esperava por você – informei.

– Nossa, muito obrigado – agradeceu Hiroyuki inclinando o corpo. Depois, olhando bem para os dois, falou: – A semelhança entre vocês é impressionante. Parecem gêmeos!

Fiquei tensa, achando que era um jeito rude de falar com pessoas que ele acabara de conhecer, mas meu coração se apaziguou quando o homem deu uma gargalhada.

– Todo mundo diz isso!

– É verdade que os casais vão se tornando parecidos? Ou vocês já se pareciam desde o início? – questionou Hiroyuki.

– Acho que ficamos parecidos com o tempo.

– Ah, isso quer dizer que vocês têm os mesmos gostos, os mesmos passatempos?

– Não é bem isso... Um vai se misturando com o outro. Com o passar dos anos, acho que fui me tornando um pouco ela e ela se tornando um pouco eu.

Eram palavras simples, mas muito bonitas. Filosóficas, até.

– Uau, que profundo! – exclamou Hiroyuki.

– Bem, vocês ainda terão cinquenta anos para entender. – O senhor riu com vontade.

Foi a minha vez de perguntar:

– É como se vocês se tornassem um só?

A mulher levou a mão à face.

– Ah, não, isso seria entediante! – Ela riu. – Mas a verdade é que eu mesma já achei estranho não sermos unidos por laços de sangue.

– Vocês realmente parecem ser da mesma família – acrescentou Hiroyuki.

A idosa balançou a cabeça, negando.

– Parecemos mesmo, mas não estou falando de aparência física. Às vezes fico admirada por não termos nenhum grau de parentesco porque ele é a pessoa com quem tenho o vínculo mais forte neste mundo.

– Que curioso! É como se seus genes estivessem equivocados! – exclamou Hiroyuki, entusiasmado.

Eu estava tão emocionada que não consegui rir.

Um fio vermelho. Ele não significaria o sangue circulando dentro de dois corpos em vez de uma linha ligando duas pessoas pelos seus dedos mindinhos? Não se tratava de conectar fios previamente definidos pelo destino, mas de unir os muitos fios vermelhos que fluem constantemente dentro de cada um de nós, à medida que acumulamos experiências de vida. Talvez todos nós busquemos sem cessar uma pessoa especial.

Ergui os olhos e olhei para Hiroyuki com ternura.

Não sei como estaremos daqui a cinquenta anos. Mas gostaria que ainda estivéssemos juntos.

O homem com quem eu desejava passar toda a minha vida sorria ao meu lado, e percebi que nada era tão precioso quanto cada pequeno instante. Momentos como aquele construiriam o nosso relacionamento.

Hiroyuki encontrou meu olhar e sorriu para mim. Senti nossos laços se fortalecendo. Senti, finalmente, que eu também tinha o dom de amar.

Isso é suficiente, disse para mim mesma. Porque eu estava feliz.

Independentemente do destino, da eternidade, das promessas.

Romance de meio século
Cinza · Sydney

Q ue lindo dia está fazendo hoje!

Tomar o café da manhã no terraço do hotel me deixa meio desconfortável, mas que mal faz um pouco de estilo de vez em quando? À minha frente, devorando com gosto um prato de bacon com ovos, está Shinichiro, meu marido.

Quem diria. Completamos cinquenta anos de casados.

Ontem, no zoológico de Taronga, uma mocinha recém--casada nos disse: "Viver cinquenta anos em harmonia é sinal de que vocês estão ligados pelo fio vermelho do destino." Ah, realmente! Isso me deixou muito emocionada. É extraordinário estarmos juntos há tanto tempo. Nossa lua de mel foi de apenas uma noite em Atami, e como Shinichiro sempre esteve muito ocupado no trabalho, esta é nossa primeira viagem ao exterior.

Nossa filha nos ofereceu essa viagem como presente pelas nossas bodas de ouro. Não existe felicidade maior do que esta.

Hiroko é nossa única filha. Quando ela estava no jardim de infância, cometi um pequeno erro ao escrever o *kanji* do nome dela e algumas pessoas leram "Piko". A partir de então, todos na escola começaram a chamá-la de Pii. É um apelido gracioso, soa como o pio de um passarinho. Eu também passei a chamá-la assim.

Eu queria ter muitos filhos, mas a cegonha encarregada de nossa família parece ter se perdido até encontrar o caminho da nossa casa. Quando eu já havia desistido, ela finalmente bateu à nossa porta, e aos 36 anos pude dar vida a Pii. Ela tem justamente essa idade agora. Acho estranho ela ter a mesma idade que eu tinha quando ela nasceu. Se houvesse um salto temporal e nós duas estivéssemos com 36 anos, que tipo de conversa teríamos? Talvez nos tornássemos amigas. Conforme ela crescia, muitas vezes eu percebia que a amava não apenas por ser minha filha, mas pela pessoa que ela era.

Pii contou que juntou dinheiro durante uma década com a intenção de nos presentear com uma viagem quando completássemos bodas de ouro. Não é algo de levar qualquer um às lágrimas? Sua amiga Atsuko se casara dois anos antes em Sydney. Nossa filha compareceu ao casamento, fez vários passeios e achou a cidade tão maravilhosa que sugeriu que a visitássemos. Na época ela era funcionária de uma fábrica de roupas, mas já pensava em ter seu próprio negócio. Hoje ela administra sua loja de lingerie. Temos muito orgulho dela.

* * *

A loja de Pii está localizada na margem do rio, e um pouco adiante, atravessando a ponte, fica o Café Marble, um pequeno estabelecimento aconchegante onde trabalha um rapaz chamado Wataru. Se eu tivesse tido um filho, imagino que seria como ele. De tanto conversarmos, acabamos nos tornando amigos.

Na última vez que estive no Café Marble, Wataru me perguntou: "Você sabe me dizer o que significa 'cerejeira do outono'?" Como a jardinagem é meu hobby, ele deve ter achado que eu sabia muito sobre plantas. Imaginei que "cerejeira do outono" devia se referir à flor cosmos. Porque a leitura de "cosmos" se forma com o ideograma "outono" junto ao de "cerejeira". Quando ouviu isso, ele disse "Entendi", mas com uma cara de quem não tinha entendido nada.

O café havia sido decorado com uma árvore de Natal, onde os clientes podiam pendurar um desejo anotado num pedaço de papel – como se faz no Tanabata, o Festival das Estrelas no Japão. Ele contou que uma cliente escrevera apenas "cerejeira do outono". Vendo sua expressão, logo compreendi que essa cliente devia ser a pessoa por quem ele se apaixonara.

E você? Sabe o que são cerejeiras do outono? Parece um enigma!

– O que será isso? Chocolate?

Eu observava calada enquanto Shinichiro passava uma pasta marrom no pão. A pasta vinha de um pote amarelo que estava junto com as geleias, com um rótulo em inglês que eu não compreendia.

Depois da primeira mordida, ele deu um sorriso confuso. Era exatamente a expressão que eu esperava ver no rosto dele!

Eu havia cometido o mesmo erro pouco antes. Pensei que fosse algo doce, mas tinha um sabor salgado esquisito. Para falar a verdade, era horrível! Mas só experimentando para saber, não é o que costumam dizer? Por isso não comentei nada com Shinichiro, para que ele provasse sem expectativas.

Eu havia desistido na primeira mordida, mas Shinichiro abocanhou com coragem uma segunda e uma terceira vez, e parecia ter superado a frustração inicial.

– De início me surpreendi com o gosto diferente, mas quando se acostuma com o sabor é até interessante – avaliou ele.

Ah, Shinichiro, nada pode abatê-lo!

Ele anotou em sua caderneta as letras brancas destacadas sobre um fundo vermelho impressas no pacote amarelo: VEGEMITE. E foi aí que me lembrei: Pii tinha falado sobre isso, sobre um alimento popular aqui na Austrália com aparência de chocolate mas de sabor salgado, feito a partir do extrato de levedura. Era isso!

Embora pareça doce, é salgado. Exatamente como a vida, não?

Observar Shinichiro comendo me relaxa. Por mais difíceis que as coisas estejam, na hora das refeições ele saboreia cada alimento com calma e respeito. Apesar de todas as preocupações, se todo dia consumirmos a nossa comida com gratidão, no final tudo acabará bem. Essa maneira de pensar dele me dá um pouco de força também.

Quantas refeições como aquela tínhamos feito juntos? E quantas ainda teríamos pela frente?

* * *

Quando nos conhecemos, eu era contadora na firma de engenharia onde Shinichiro trabalhava, que tinha uns doze funcionários. Por ser a única mulher na empresa, eu era bastante popular. Para ser honesta, eu era contadora apenas no registro, porque na prática era encarregada de todas as pequenas tarefas: servia chá, limpava, fazia compras e às vezes até preparava bolinhos de arroz *onigiri*. Eu era... como poderia dizer?... uma faz-tudo. Mas não ligava. Eu era jovem e cheia de esperanças naquela época.

Shinichiro sempre foi muito sério e, talvez por ser baixinho e pouco assertivo, não se destacava. Mesmo quando um colega tentava roubar os créditos por seu trabalho, ele sorria e ignorava. Eu não conseguia entender aquela atitude tão passiva. Uma vez perguntei, meio irritada: "Por que você não reage e mostra qual é o seu lugar?" Ele me respondeu com toda a calma: "Eu não conseguiria fazer o trabalho sozinho e, se for para o bem da empresa, não importa quem fez."

Jovem como eu era, imaginei que alguém como ele nunca teria êxito na vida. Na época eu gostava de homens fortões e saía com Yosuke, um rapaz bonito e imponente que chamava a atenção no escritório. Estava convencida de que me casaria com ele.

Mas Yosuke era o queridinho do presidente da empresa, que o encorajou a se casar com sua filha. Parece coisa de novela barata, e fui descartada de uma hora para outra.

Chorei até minhas lágrimas se esgotarem, por isso trabalhar na empresa se tornou um fardo para mim. E justo quando eu cogitava pedir demissão, Shinichiro me pediu em casamento.

Não foi "Quer namorar comigo?", mas "Vamos nos casar!". Pensei que ele estivesse com pena de mim e senti vontade de insultá-lo: "Não vou me casar com um sujeito sem charme como você. Eu gosto de homens de classe." Na época meu coração estava partido e quis machucar o gentil Shinichiro. Mas ele não parecia ter se magoado e, com seu habitual jeito reservado, me respondeu sorrindo:

"Vou me tornar um homem de classe! Prometo. Você talvez me considere sem charme agora, mas com a idade vou me transformar em um lindo senhor de cabelos grisalhos, pode escrever."

Observei atentamente o rosto sorridente de Shinichiro e o imaginei mais velho. Me surpreendi por conseguir formar essa imagem com facilidade em minha mente. *Ah, esse homem realmente vai se tornar um senhor muito atraente. Ao lado dele jamais serei infeliz.* Isso virou uma convicção que superou levemente a imaginação.

Assim, larguei o emprego e me tornei a esposa de Shinichiro. Quando o presidente da empresa adoeceu, dez anos mais tarde, não foi a Yosuke que ele pediu para substituí-lo, mas a Shinichiro. Yosuke e a filha do presidente viviam brigando. Com menos de três anos de casados, ele se envolveu em jogos de azar e em casos com outras mulheres, e os dois se divorciaram. Logicamente, Yosuke pediu demissão da empresa e ninguém mais ouviu falar dele. Depois disso, a moça se casou de novo – dessa vez por vontade própria, não por pressão do pai.

Depois do falecimento do presidente, Shinichiro foi procurar Yosuke. Ele o encontrou mal conseguindo sobreviver com trabalhos temporários e pediu humildemente sua ajuda para reestruturar a empresa. Na época, o escritório ia muito bem e não precisava de nenhuma ajuda, mas Shinichiro se preocupava com o ex-colega. Porém, se dissesse "Quero contratar você", ele poderia ficar ofendido. Yosuke, por sua vez, não era tolo e aceitou a proposta. Ambos são homens admiráveis.

Com o retorno de Yosuke, a empresa ganhou ainda mais dinamismo e cresceu substancialmente. Porém Shinichiro não mudou – continuou honesto, discreto e sempre sorridente. Ele não se intimida diante de pessoas importantes e não trata com arrogância os funcionários novatos.

Acredito que a humildade surge da confiança em si próprio e que a gentileza verdadeira é uma força genuína.

Há cerca de cinco anos, percebi que os cabelos de Shinichiro ficaram quase completamente brancos... um lindo grisalho!

– Pode me trazer outro café? – pediu Shinichiro à garçonete.

Ele parecia aliviado por haver uma japonesa entre os funcionários do hotel.

– Pois não – respondeu com simpatia a jovem de longos cabelos pretos amarrados em um rabo de cavalo. Ela usava um bracelete verde-claro que lhe caía muito bem.

Eu devia ter a idade dela quando conheci Shinichiro, e me lembrei da época em que eu servia chá para ele na empresa.

– Você não mentiu...

– Sobre o quê? – perguntou ele, sorrindo. Minhas palavras sempre pareciam diverti-lo.

– Nada! Estava pensando alto – retruquei, sem jeito. – Talvez eu tenha tagarelado demais. Desculpe por obrigar você a me ouvir falar tanto enquanto come... Quer mais um pão?

Eu já ia lhe entregar outra fatia de pão quando a garçonete chegou trazendo uma jarra de café.

– Estão vendo aquele pássaro? É um lóris. É uma ave tão linda e colorida! – exclamou ela.

A cabeça é azul, o peito é laranja e as asas, verdes. A linha amarela ao redor do pescoço se assemelha a uma echarpe. Realmente, é encantadora.

– Que linda – sussurrou Shinichiro, com a voz cheia de ternura.

Ao receber um elogio tão repentino, senti a melodia de uma harpa tocar em meu coração. Parecia que eu era jovem outra vez. Havia décadas meu marido não me dizia algo parecido. Acho que ele não me elogiou muito depois do casamento. Feliz e envergonhada, ergui o rosto e percebi que Shinichiro olhava para a lóris.

Ele me chamou de linda? Ou terá se referido à ave?

Bem, tanto faz. Em silêncio, observei o pássaro multicolorido e meu marido, com seu sorriso doce e imutável.

Eu, sem dúvida, prefiro seus cabelos grisalhos, Shinichiro.

Contagem regressiva
Verde · Sydney

Quando me perguntam por que eu vim para a Austrália, todos se mostram confusos quando respondo: "Para pintar o verde."

Alguns encerram a conversa com um "Ah, é?", outros insistem em conhecer meus verdadeiros motivos e objetivos.

Frequentemente, eu ouvia: "Quando você diz verde, está se referindo à natureza, né?" Eu corrijo: "Não, à cor verde." As pessoas inclinam o pescoço, com ar duvidoso: "Como assim, a cor?"

Ninguém consegue compreender que minha paixão é a própria cor.

São raras as pessoas que aceitam minha resposta. Pouco tempo atrás, eu estava fazendo um bico no restaurante de um hotel e uma senhora japonesa perguntou por que eu estava aqui. Respondi: "Vim à Austrália para pintar o verde." Ela replicou tranquilamente: "Ah, então você é pintora!"

Neguei, explicando que pintava apenas por prazer, e ela revidou com um sorriso: "As pessoas que pintam são pintoras. Não importa se recebem dinheiro por isso ou não."

A senhora e o marido pareciam se entender às mil maravilhas e estavam em Sydney para comemorar seus cinquenta anos de casamento, um presente dado pela filha deles. Eu nunca pensei em mim como "pintora", mas acabei me sentindo assim depois de ouvir o que aquela idosa com tanta experiência de vida me disse.

Hoje é véspera de Ano-Novo e faz um tempo maravilhoso.

Em Sydney há uma revistinha voltada para os japoneses chamada *CANVAS*, e um dia fui entrevistada para um artigo intitulado "Minha experiência de *Working Holiday*". Eu raramente lia publicações do gênero, mas, depois da entrevista, comecei a devorar todos os números.

Minha coluna preferida é a de uma moça chamada Mako. Ela trata das diferenças culturais entre Japão e Austrália e dá dicas de conversação em inglês. Este mês havia um artigo sobre o Réveillon.

Parece que em Sydney, na hora da virada do ano, uma miríade de fogos de artifício é lançada da Harbour Bridge, preenchendo o céu. As luzes refletem na Baía de Sydney como em um espelho e deixam toda a sua superfície iluminada. O artigo dizia que as pessoas reunidas ali costumam se beijar nesse momento, para celebrar o novo ano.

Mas isso não me dizia respeito. Eu pretendia passar o Réveillon no meu apartamento. Não tinha ninguém para beijar e não queria ser beijada por estranhos.

* * *

Como de costume, fui até o jardim botânico levando meu caderno de desenho e os tubos de tinta. O parque Royal Botanic Gardens é tão vasto que, se você quiser dar uma volta completa nele gastará metade de um dia. Árvores frondosas, flores em profusão. Há morcegos pendurados de ponta-cabeça nos galhos e um trem turístico vermelho circulando pelos jardins. Era difícil acreditar que um local exuberante como aquele ficava no coração de um bairro comercial.

No caminho, eu tinha comprado um sanduíche de frango e uma limonada para viagem na minha lanchonete favorita. Chegando ao parque, munida de chapéu e óculos escuros para me proteger do sol inclemente do verão australiano, sentei sob uma grande árvore e tomei um gole de limonada.

Acomodada à sombra da árvore, fui envolvida por uma deliciosa sensação de prazer e frescor, como se ela estivesse ali especialmente para mim. O maravilhoso azul-turquesa do Porto de Sydney completava a paisagem. Com satisfação e alegria, abri meu caderno.

Espremi tubos de tinta sobre a palheta de papel. Amarelo e azul. Criei o verde do jeito que eu o sentia, pintando, me deleitando com a sensação do pincel; senti o cheiro do ar, das árvores, das folhas e das tintas, e vi meu mundo se tingir de verde.

Ah, como eu estava feliz!

– ... seu?

De repente percebi que alguém se dirigia a mim, me trazendo de volta à realidade. Um homem magro de cabelos castanhos lisos estava parado ao meu lado, me observando pintar.

– Como?

– Isto aqui é seu?

Ele me estendeu um lenço.

– Ah, desculpe. Sim, é meu.

Levantei-me às pressas e peguei o lenço de sua mão. Pouco antes eu havia enxugado o suor enquanto caminhava e pensei que o tivesse colocado no bolso lateral da minha mochila, mas pelo visto ele caíra no chão.

– Muito obrigada – agradeci, e ele assentiu com um sorriso de dentes perfeitos.

Eu não podia acreditar nos meus olhos. Não sou médium nem tenho conhecimento sobre essas coisas, mas eu vi seu corpo envolto em uma tênue luz verde, provavelmente sua aura.

Fiquei ali de pé, atordoada, enquanto o olhar dele se direcionava para o meu caderno.

– Você é pintora?

Embora tivesse vontade de negar, por algum motivo respondi que sim. Talvez motivada pelas palavras da senhora do hotel.

– Eu sabia. Posso ver seus trabalhos?

Ele pediu isso com a inocência de uma criança e, agachando-se, pegou meu caderno de desenho. Olhou admirado o meu verde ainda úmido na página. Não entendi bem o que estava acontecendo, mas senti certa paz de espírito.

– Você não usa tinta verde? – perguntou ele, sem desviar os olhos da pintura. Provavelmente tinha notado a paleta com as cores amarelo e azul misturadas.

– Não. Porque este é o *meu* verde.

Sempre fui fascinada pela cor verde. Não sei quando começou, mas lembro que já sentia isso na creche, então talvez tenha até começado antes. A palavra "amar" não era capaz de descrever a força do meu sentimento. O verde é meu amigo, meu protetor, minhas lembranças, meu futuro. Ele me consola, me inspira. Na época da escola, mesmo que eu fosse rejeitada pelos meus colegas, ele não deixava que me sentisse sozinha. O verde significava para mim o que um cachorro, um gato, a música ou os livros significavam para outras pessoas.

Por isso eu mantinha a cor sempre perto de mim.

Um bracelete verde-claro me transmitia energia durante meu trabalho no hotel; fronhas verde-escuras acalmavam meu corpo e meu espírito na minha cama na hora de dormir; um lenço verde suave me acompanhava aonde quer que eu fosse.

Quando escolhia artigos diversos, de itens de papelaria a móveis, primeiro examinava as tonalidades de verde. Mas nem tudo que era dessa cor me satisfazia – havia tons de que eu não gostava. E mesmo outros que eu poderia gostar não me agradavam tanto assim.

Foi por isso que acabei criando o meu próprio verde.

Durante a faculdade, em Kyoto, eu frequentava uma pequena galeria de arte perto de casa que realizava exposições gratuitas. Não eram obras famosas, mas peças que o proprietário considerava interessantes.

Um dia, eu estava admirando as telas quando parei na frente de uma pintura em acrílico que representava plantas magníficas. Senti ali uma vitalidade heroica, uma efemeridade melancólica. Árvores parecendo bailar. Folhas parecendo cantar. Aquele verde me fascinou.

– Esse é o jardim botânico de Sydney. Um amigo meu pintou – disse um senhor parado atrás de mim. Ele era baixo e tinha um grande sinal no meio da testa. Era o dono da galeria.

Voltei a olhar a pintura. O verde parecia me dizer: "Venha para Sydney. Este lugar espera por você."

– Você deveria ir.

O homem do sinal na testa retirou do bolso da camisa um cartão de visitas e escreveu no verso "Royal Botanic Gardens", o nome do jardim botânico. Apesar de eu não ter dito nada, ele parecia entender o que eu estava pensando. No cartão, impresso em letras de fôrma, constava apenas "MESTRE". Nenhum número de telefone ou endereço de e-mail.

Uma única pintura podia mudar drasticamente uma vida. Eu acreditava nisso.

Sydney estava me chamando.

Desde então eu havia arranjado diversos empregos de meio período, poupado dinheiro e partido para Sydney com um visto de *Working Holiday*.

No instante em que pisei no Botanic Gardens, senti como se ele me dissesse "Eu estava esperando por você". Aqui há o "meu verde" por toda parte. Eu me senti acolhida. Durante muito tempo amara a cor verde, mas pela primeira vez me sentia amada por ela. Por isso, abrir o caderno de esboços no jardim botânico era como um encontro amoroso com o verde.

Um encontro amoroso. Ao pensar nisso, me dei conta de como era estranho aquele rapaz gentil e risonho ter aparecido de repente. Ele devia ter uns 25 anos. Talvez um pouco mais ou um pouco menos. Difícil saber.

– Posso ver os outros? – pediu ele.

Eu nunca mostrava meu caderno para ninguém. Mas, para ele, por que não?

Apesar de eu ter dito "Sim, claro", ele me devolveu o caderno de esboços sem folheá-lo. Sentamos lado a lado e fui mostrando a ele lentamente os meus verdes.

Um lugar. Uma estação do ano. Um momento. Um verde que vi, um verde que imaginei. Com lápis de cor, lápis pastel, tinta. O formato de uma folha, um círculo, um quadrado, outras formas geométricas, uma página pintada por inteiro, uma aquarela, um pontilhismo. Eu e o verde. Meu verde.

– You é o seu nome? – perguntou ele, surpreso, ao reparar a minha assinatura no canto da pintura.

– Sim. Mais ou menos.

Eu me chamo Yu. O *kanji* do meu nome tem muitos traços e escrevê-lo de maneira equilibrada é bem difícil. Por isso prefiro escrever em letra cursiva em inglês.

– Interessante. Parece que seu quadro chama o observador: "Ei, você!" Suas obras devem ser muito requisitadas.

– Não. Nunca expus em lugar nenhum. Na verdade, eu desenho apenas por satisfação pessoal – falei, e me senti envergonhada por ter afirmado que era pintora pouco antes.

O rosto dele estava tão próximo que eu poderia tocá-lo, mas não tinha coragem de me virar na direção dele. Talvez ele estivesse sorrindo para mim.

– Você não vai querer saber? – perguntei, cabisbaixa.

– Hã? O quê?

– O motivo de eu pintar tudo de verde.

– E precisa ter motivo?

Ele inclinou o corpo. Era um gesto banal, mas senti que ele estava mudando de posição para facilitar a nossa conversa.

– Além disso, apesar de você afirmar que é tudo verde, há muitas variações. Para mim são todas diferentes. Todas lindas! Alegres, tristes, raivosas, compassivas, apaixonadas. Elas transmitem tudo isso! Você deveria pintar muitas mais.

– Você acha que eu posso continuar pintando deste jeito?

Fiquei surpresa com a pergunta que escapou da minha boca. A porta que eu acreditava estar fechada parecia ter se aberto ao som da minha voz. As palavras represadas iam saindo, uma após a outra...

Minha mãe vivia me perguntando: "Por que você não pode ser como as outras crianças? Por que pintar esses quadros verdes inúteis e colecionar objetos dessa cor? É ridículo. Você não deve bater bem da cabeça." Quando eu estava no quinto ano, meu professor afirmou que eu precisava de uma avaliação psiquiátrica, e depois disso ela nunca mais riu de mim. Mas minhas preciosas pinturas foram destruídas e jogadas no lixo. Não consegui fazer nada para impedir. Tive a impressão de que era eu quem estava sendo rasgada e jogada fora. Com o coração despedaçado, eu apenas olhava, sem nem mesmo chorar. As palavras dela eram muito duras: "Veja o exemplo do seu irmão, que é um ótimo aluno. Você não é boa em nada. Não tem amigos e fica desenhando essas coisas estranhas!"

Por isso eu queria me afastar de casa assim que a faculdade terminasse. Queria ir para o mais longe possível. Por isso fiquei tão contente quando a pintura do Botanic Gardens e a cor verde me chamaram. Elas me salvaram. Mas meu visto iria expirar em três meses. O que vai ser de mim quando voltar ao Japão?

* * *

Depois que despejei tudo isso em cima dele, fez-se um instante de silêncio. Então o rapaz respirou fundo e falou suavemente:

– Você sofreu muito, não foi?

Ele pousou a mão na minha cabeça, como que para me consolar. Depois me abraçou com ternura.

– Ainda assim você não parou de pintar. Não parou de gostar do verde. Afinal, você é uma pintora. – Ele se afastou e segurou minha mão. – Continue a pintar. Você pode salvar pessoas com o seu verde! Você pinta o que você é. Então revele seu trabalho ao mundo. Cada pessoa encontrará um quadro que a tocará de alguma forma.

Ao ouvir isso, comecei a chorar. Chorei como um bebê. Chorei, chorei, chorei, gritei alto até destruir essa coisa dura, pesada e inútil que carregava dentro de mim. Havia muito eu queria fazer isso.

E finalmente me senti livre.

O rapaz apertou minha mão um pouco mais forte e beijou delicadamente a minha testa. Apesar de ele ser um estranho, o gesto não me incomodou. Porque eu sentia como se o conhecesse desde sempre. Porém, encabulada, eu não conseguia olhar para ele.

Ainda faltava algum tempo até a queima de fogos e a contagem regressiva, mas eu já tinha recebido o beijo que celebrava o Ano-Novo.

– Obrigado – disse ele. – *Por me amar.*

Achei ter ouvido isso, mas talvez tenha sido minha imaginação.

Enxuguei o rosto molhado de lágrimas com o lenço que ele havia me devolvido.

Eu estava leve e aliviada. Percebi que não sabia o nome dele, então levantei a cabeça com um sorriso tímido e agradecido.

Mas não havia ninguém ali – apenas o vento agitando docemente o verde das folhas exuberantes.

O melhor dia de Ralph
Laranja · Sydney

A pequena lanchonete fica próxima ao Botanic Gardens. Na fachada há um toldo e um painel laranja onde se lê, em letras brancas, "Sanduíches do Ralph".

Todas as manhãs Ralph veste seu avental laranja e cantarola enquanto prepara seus sanduíches. Presunto, alface, tomate, salmão defumado. Ele tempera os ovos cozidos cortados grosseiramente com bastante maionese e um pouquinho de mostarda. Banhado pelo sol matinal, ele se entusiasma imaginando os clientes que aparecerão durante o dia.

Ele tem quase 40 anos, mas talvez aparente mais idade por causa da barriga saliente, dos cabelos ralos e da preferência por piadas bobas. Ele sempre cumprimenta os clientes com um sonoro "Bom dia!" e uma piscadela. Os clientes se sentem energizados com esse cumprimento, como se tivessem subitamente sarado de uma gripe. Talvez por perceberem quanto Ralph valoriza esse breve momento. A cada encontro, seu rosto radiante é pura expressão de amor.

Ralph não é casado nem tem namorada, mas uma mulher especial mora em seu coração. Apesar de seu jeito alegre, é tão tímido com o sexo oposto que eles acabaram deixando de se falar antes que Ralph tivesse coragem de revelar seus sentimentos. E nunca mais se viram.

Viver sozinho não é um problema para ele, mas no fundo se entristece por não ter ninguém a quem mostrar as flores que crescem em sua varanda.

O Sanduíches do Ralph é fruto da reforma de uma padaria originalmente administrada por seu pai. Logo após terminar a escola, Ralph conseguiu emprego num banco, onde trabalhou por um bom tempo. Mas há três anos seu pai resolveu abrir um negócio maior no centro da cidade, então Ralph pediu demissão e assumiu a padaria.

Não que ele não gostasse de fazer contas e lidar com dinheiro, é que agora ele preferia usar seu tempo para se relacionar com seus fregueses como se fossem amigos e para trabalhar motivado por emoções, não por números. Ele passava os dias exclamando coisas como "Viu como os tomates estão brilhantes?" ou "Hoje deve esquentar, então vou preparar mais limonada!". Essa vida combinava mais com seu temperamento. Embora, é claro, a experiência como bancário fosse bastante útil na gestão financeira da lanchonete.

Foi graças a um acontecimento do passado que Ralph escolheu a cor laranja como a marca registrada do seu negócio.

Quando ainda trabalhava no banco, Ralph se apaixonou

por Cindy, sua vizinha de porta. Ela era linda e inteligente. Devia ser uns quinze anos mais jovem do que Ralph e ele não sabia bem com o que ela trabalhava. Porém, quando a porta de Cindy ou as janelas dos quartos de ambos estavam abertas, um suave aroma adocicado flutuava no ar. Essa fragrância enchia Ralph de uma sensação de paz e, encantado, ele fechava os olhos. Fossem flores, perfumes, frutas, tudo isso ou nada disso, o aroma era simplesmente fascinante. No entanto, incapaz de perguntar a ela a origem do perfume quando a encontrava no corredor, ele se contentava em fazê-la rir com suas piadas tolas.

Certa manhã de inverno, quando ele saía do apartamento para ir trabalhar, viu Cindy amarrando o cadarço de sua bota.

– Bom dia, Ralph! – cumprimentou ela, erguendo o rosto e abrindo um sorriso puro como uma flor de lótus desabrochando.

Muito nervoso, ele só conseguiu murmurar:

– Está saindo bem cedo hoje, não?

– Sim, vou pegar o ônibus! E você, vai para a estação? – perguntou ela, levantando-se.

Com toda a naturalidade, ela se colocou ao lado dele para saírem juntos. Ralph pensou em dizer algo divertido, mas aos poucos foi dominado pela timidez e baixou a cabeça, calado.

Tentando quebrar o gelo, Cindy falou numa voz descontraída:

– Qual é a sua cor favorita?

A pergunta inesperada deixou Ralph ainda mais atordoado. No entanto, atraído pelo doce perfume que preenchia seus pulmões, conseguiu responder:

– Laranja.

– Por quê?

– Porque é uma cor divertida. Menos assertiva do que o vermelho e não tão excêntrica quanto o amarelo. É uma cor calorosa que anima e alegra as pessoas.

Cindy sorriu, mexendo nos cabelos.

– É, verdade. O laranja reflete quem "você quer se tornar". A resposta a essa pergunta está mais no motivo da escolha do que propriamente na cor escolhida. Mas sabe, Ralph, acho que a cor laranja já representa quem você é agora – disse ela, satisfeita.

Ralph pensou em como responder, mas não encontrou palavras. Enquanto refletia, transpirando pela tensão e pela caminhada, acabaram chegando ao ponto de ônibus.

Cindy entrou na fila e Ralph permaneceu quieto ao lado dela até o ônibus chegar. Ele sabia que precisava dizer algo, mas foi Cindy que falou primeiro:

– Então a cor laranja vai ser a sua marca – disse com voz baixa, mas firme.

Minha marca? O que ela quer dizer com isso?

– Adeus, Sr. Laranja!

Sem esperar resposta, Cindy entrou no ônibus e partiu. Na semana seguinte, Ralph soube por outro vizinho que ela havia se mudado, e eles nunca continuaram aquela conversa.

Menos de seis meses depois, Ralph abriu sua lanchonete. Na mesma época, o prédio onde morava precisou ser demolido.

Era uma construção muito antiga, não havia como evitar. Diante dessa notícia, ele foi assaltado por uma profunda tristeza: "Se Cindy voltar, ela não saberá onde estou." O prédio era o único elo entre os dois.

Ele estava arrependido de não ter tido coragem de conversar mais com ela, de ficar nervoso o tempo todo quando estava ao seu lado. Deveria ter revelado seus sentimentos, mesmo que não fosse correspondido. Se a visse novamente, dessa vez se declararia.

Mas imediatamente esse peso se dissipou, porque uma ideia surgiu em sua mente: ele faria da cor laranja a marca registrada do seu negócio.

Escolher essa cor para o toldo, a placa e o avental foi uma escolha acertada. Os moradores não chamavam a loja de "Sanduíches do Ralph", mas de "lanchonete laranja". Ralph adorava isso. Ele estava feliz por saber que a cor laranja, e não o nome do estabelecimento, era o símbolo da lanchonete. As pessoas vinham comprar seus sanduíches atraídas pela cor brilhante. Quando pensava nisso, sentia-se alegre e leve, como se tivesse asas e pudesse sair voando.

Tudo graças a Cindy.

Um dia, após fechar a loja e terminar a limpeza, Ralph se sentou no balcão e se lembrou dela. Visualizou seus longos cabelos, sua pele branca como porcelana... e, acreditando sentir aquele delicioso perfume do passado, cerrou os olhos e respirou fundo.

– Eu encontrei você.

Agora estou ouvindo vozes!, pensou, rindo de si mesmo.

E quando abriu os olhos, não pôde acreditar.

De repente, como uma boneca que salta de dentro de uma caixinha de música, Cindy apareceu diante dele.

– Há quanto tempo, Ralph!

– Cindy? É você de verdade?

– Sou eu mesma. Estava na Inglaterra e voltei ontem para Sydney.

Ralph tinha muito para contar, mas começou por uma pergunta que havia muito queria lhe fazer:

– Cindy, qual é a sua cor favorita?

– Azul-turquesa – respondeu Cindy sem hesitar, como se já esperasse por essa pergunta.

– Por quê?

– É uma cor misteriosa. É mágica. Com a ajuda dela, fiz com que você me esperasse em sua loja laranja e me recebesse com esse sorriso.

Ah, turquesa. É uma linda cor. É a cara de Cindy. Ela se aproximou discretamente e segurou de leve a barra do avental de Ralph.

– Será que eu consegui enfeitiçar você?

Involuntariamente, Ralph abriu os braços para abraçá-la, antes que a timidez o dominasse.

– Enfeitiçou, sim! Mais do que devia.

Cindy ergueu um pouco o rosto e se aninhou no peito de Ralph. Ela sorria com orgulho, como se tivesse conquistado uma medalha de ouro.

O perfume dela parecia se impregnar no corpo de Ralph. Sem saber se estava rindo ou chorando, ele a abraçou mais forte.

– Quero ficar enfeitiçado para sempre.

Os raios do sol poente se infiltravam pela janela. A luz alaranjada os envolvia e os abençoava, mas ainda demoraria um tempo até que ele abrisse os olhos e percebesse.

O retorno da feiticeira
Azul-turquesa · Sydney

Sempre quis me tornar feiticeira. Desde que era bem pequena, ainda nos primeiros anos da escola, coloquei essa ideia na cabeça e nunca mais tirei. Eu não sabia o que fazer para virar uma e não havia ninguém que me ensinasse, mas eu acreditava que um dia esse meu sonho se realizaria.

Sentia que, se treinasse um pouco, conseguiria voar montada numa vassoura e deslocar objetos agitando uma varinha de condão. O que mais me fascinava, entretanto, era o preparo de poções mágicas. Sozinha em meu quarto escuro, eu triturava flores e frutos silvestres e os misturava do meu jeito, sonhando com o efeito que poderiam provocar.

Na véspera de uma competição esportiva na escola, bebi a "poção para correr mais rápido" que eu mesma tinha criado. O efeito foi uma terrível dor de estômago e uma bronca da minha mãe. "Eu não deveria ter feito isso", eu disse a ela. "Espero que tenha servido de lição!", respondeu minha mãe, acariciando o meu rosto. Acho que ela entendeu que eu não faria mais aquilo, só que, enquanto eu massageava a barriga para aliviar a dor, pensava com meus botões: "Acho que usei a proporção errada. Da próxima vez vai sair perfeito."

Quem primeiro me apresentou aos mistérios da magia foi a professora Grace. Numa atividade extracurricular do ensino fundamental, nossa turma saiu para uma trilha na montanha. Essa professora, que no passado fora pesquisadora botânica em uma universidade, participou como convidada. Ela nos ensinou o nome das flores e mostrou quais frutos eram comestíveis. No meio do caminho, um colega tropeçou numa pedra e arranhou o joelho. A professora desapareceu por um momento, mas logo retornou trazendo algumas folhas, que esfregou delicadamente no machucado enunciando *"chichin puipui"*. O som era tão estranho que a criançada caiu na gargalhada. Ao ver que até o menino ferido tinha parado de chorar e começado a rir, eu pensei:

Isso é feitiçaria. A Sra. Grace é uma bruxa!

Eu não parava de rir, mas por um motivo diferente do de meus colegas, e até o final da caminhada não tirei os olhos da professora. Eles devem ter me achado meio esquisita, pois até na hora do lanche eu continuava soltando risadinhas de empolgação.

A Sra. Grace tinha as costas empertigadas e usava magníficos brincos de pedras azuis visíveis sob os cabelos presos desajeitadamente.

Depois que o grupo se dispersou, aproveitei para falar com ela a sós.

– Professora, tenho uma pergunta.

– Sim, o que é, Cindy?

Fiquei admirada que ela lembrasse o meu nome, que eu só falara uma única vez, no início do passeio.

– O que eram aquelas folhas?

– Ah! – A professora sorriu e deu uma piscadela. – São folhas mágicas. Elas curam feridas.

Eu sabia!

– E aquelas palavras engraçadas?

– *Chichin puipui*? Uma amiga japonesa me ensinou. É uma expressão que torna o mundo mais bonito. Não é graciosa?

– Muito!

Respirei fundo e resolvi ser direta:

– Professora, a senhora é uma feiticeira?

Ela me olhou por um instante e levou o dedo indicador aos lábios.

– Psiu. É segredo! – declarou com um sorriso.

Eu pulei de alegria, mas depois daquele dia nunca mais a vi. Mesmo nas aulas extracurriculares e nos acampamentos seguintes era outra professora que nos acompanhava. Fiquei triste por ter perdido o contato com ela, pois desejava muito aprender outros feitiços.

Tempos depois, folheando enciclopédias botânicas, tomei conhecimento da existência de plantas antissépticas e hemostáticas. E não só isso: aprendi que as plantas têm diversos efeitos benéficos... ou mágicos. Devorei entusiasmada diversos livros desse gênero.

Outra coisa que logo descobri, ao passar por uma loja de

antiguidades, é que as pedras dos brincos da professora Grace eram turquesas. A turquesa é uma pedra misteriosa. Desde a antiguidade é empregada na magia e usada como talismã para trazer sorte e proteção. Diz a lenda que ela está ligada aos espíritos e ao Universo. Por isso comecei a amar essa pedra e a tê-la sempre comigo, para me tornar feiticeira também. O azul-turquesa se tornou a minha cor.

Na época do ensino médio, havia uma menina japonesa na minha turma que viera a Sydney para um ano de intercâmbio. Ao ver meu bracelete turquesa, Mako disse:

– Que cor linda! Em japonês ela é chamada "mizuiro".

Mako escreveu a palavra no caderno, me ensinando que "mizu" era água, e "iro", cor. Mizuiro. A cor da água. O ser humano é capaz de encontrar cores misteriosas até nas águas incolores e translúcidas.

– Mako, você sabe o que é *chichin puipui*?

– Talvez não exista um único japonês que não saiba! – respondeu ela, com uma gargalhada. – São palavras mágicas muito poderosas.

Nesse caso, todos os japoneses seriam feiticeiros! Para mim aquilo fazia muito sentido, e não era de estranhar que a professora Grace tivesse uma amiga japonesa.

À medida que meus conhecimentos botânicos se aprofundavam, descobri a aromaterapia. Nos livros didáticos havia textos contando que, na Idade Média europeia, mulheres eram perseguidas e consideradas bruxas por dominarem o uso de plantas medicinais e aromáticas. Fiquei muito impactada com essa triste história. Eu precisava apreender e utilizar corretamente a magia que as antigas bruxas legaram às gerações seguintes.

Então, assim que terminei a escola fiz cursos de qualificação e comecei a trabalhar como instrutora em um instituto de aromaterapia. Para mim, era uma honra e alegria poder transmitir o poder das plantas a alunos curiosos como eu.

Depois de cinco anos trabalhando nessa função, descobri por acaso na internet que a professora Grace atuava como instrutora em uma escola de aromaterapia na Inglaterra. Isso aconteceu há três anos. Desde que a conhecera naquela caminhada quando eu era criança, tudo que eu tinha era uma velha foto e o seu nome, mas não tive dúvidas de que era ela. Enviei um e-mail à escola e ela própria me respondeu, me convidando para visitá-la. Sem pensar duas vezes, pedi demissão e parti para a Inglaterra.

Meu único remorso era deixar para trás o amor que eu sentia por Ralph, meu vizinho.

Ralph era bancário e uns quinze anos mais velho do que eu. Corpulento, baixinho e calvo, ele parecia incomodado com sua aparência, mas eu o achava muito charmoso. Seu corpo era cheinho de amor. Isso, misturado ao seu rosto sorridente, me transmitia paz só de olhar para ele. Eu admirava de fora do prédio as lindas flores sempre bem cuidadas em sua varanda, e na hora do jantar sentia o delicioso aroma da comida que ele preparava.

Ralph era o tipo de homem que acompanharia uma senhora perdida na rua até seu destino, fazendo-a rir com anedotas infames.

Meus sentimentos eram tão fortes que eu não conseguia pensar em dividi-lo com mais ninguém, mas nunca disse isso a ele. Nem contei que iria embora de Sydney. Afinal, não sabia quando voltaria.

Então o enfeiticei.

Pouco antes de ir para a Inglaterra, concluí uma poção do amor que pesquisei durante um longo tempo. Óleo essencial de ylang-ylang, extrato de lótus, pétalas de miosótis, meu suspiro, uma gota de orvalho colhido na lua cheia... Misturei tudo em água de rosas e passei a borrifar no meu corpo, dos pés à cabeça. E uma manhã, na hora em que ele costumava sair para o trabalho, esperei por ele no corredor fingindo um encontro fortuito e consegui fazer com que caminhássemos juntos até o ponto de ônibus.

– Qual é a sua cor favorita? – perguntei para puxar conversa.

Mantendo um tom trivial, eu balançava os cabelos me esforçando para que partículas da poção do amor o alcançassem.

– Laranja.

Ele falou daquele seu jeito tímido e adorável, e subitamente apareceu em minha mente, como no trailer de um filme, a cena dele vestindo um avental laranja e preparando um sanduíche. A imagem se esvaneceu em questão de segundos, mas eu soube que, apesar de ele ser bancário, em breve teria uma lanchonete. Era a primeira vez que eu tinha uma visão como aquela, mas não me assustei. Em algum lugar dentro de mim, eu sabia que todos nós podemos desenvolver esse tipo de poder mágico quando estamos apaixonados.

Quando eu voltar para Sydney, vou procurar por uma lanchonete laranja, pensei.

Espere por mim, Ralph.

No momento da despedida, eu o chamei de "Sr. Laranja" para aprisionar o futuro que eu havia visualizado, e quando subi no ônibus, sem que ele percebesse, invoquei a fórmula mágica *chichin puipui*.

Na Inglaterra, reencontrei a professora Grace e aprofundei meus conhecimentos sobre aromaterapia. Ela se lembrava de mim e me ensinou muito, mas não só sobre esse assunto. Enquanto a ajudava como voluntária em instituições médicas e em atividades de proteção ambiental, aprendi muito sobre como as pessoas, a natureza e os seres vivos interagem e se ajudam mutuamente. Todos os seres que respiram neste mundo estão conectados. Saber disso, refletir, se sensibilizar, desejar e agir é fundamental para obter poderes mágicos como os da Sra. Grace.

Quando recebi o diploma de conclusão do curso, ela me disse:

– Você se tornou uma verdadeira feiticeira, não é, Cindy?

A magia que torna o mundo maravilhoso pode ser aplicada em várias esferas. trazendo de volta o sorriso ao rosto de um enfermo, desarmando corações cheios de ódio e oferecendo-lhes abraços, concedendo doces sonhos às pessoas insones...

Agora que minha formação na Inglaterra estava concluída, eu começaria uma nova vida em Sydney. Vou iluminar o mundo com turquesas e aromaterapia, recitando a fórmula mágica *chichin puipui* para tornar o mundo melhor – e tudo isso ao lado do meu charmoso namorado que veste um avental laranja como o sol poente.

Se eu não tivesse te conhecido
Preto · Sydney

Eu estava diante de um verdadeiro quebra-cabeça ao traduzir um livro infantil do inglês para o japonês a pedido de uma editora. Tentei diversas combinações de palavras para expressar o espanto do protagonista, mas nada parecia se encaixar muito bem.

Esse desafio literário me fez sorrir e pensar na minha amiga Grace.

Aos 36 anos, ainda me perguntava como o ser humano, uma espécie tão similar apesar das suas diversas cores e tamanhos, utiliza línguas tão diferentes vivendo no mesmo planeta. Muitas coisas seriam mais fáceis se pudéssemos compreender todos os idiomas. Porém sou grata por Deus ter complicado a nossa comunicação, pois isso me proporcionou o prazer da tradução. Sinto-me um instrumento que absorve palavras em inglês e magicamente as transforma em japonês, devolvendo-as ao mundo.

* * *

Foi aos 14 anos que comecei a pensar em me tornar tradutora.

Apesar de nunca ter saído do Japão, eu adorava literatura infantil estrangeira. Na escola, somente as aulas de inglês me entusiasmavam. Queria ser tradutora para trabalhar o texto sozinha, no meu ritmo, e nunca pensei em ser intérprete porque isso significaria ter que falar em público e ter agilidade mental para tomar decisões instantâneas.

Ter conhecido Grace estimulou esse meu desejo.

Nessa época, eu fazia parte do clube de inglês. Um dia, durante uma atividade de intercâmbio internacional, a professora trouxe uma lista de alunos de escolas no exterior que desejavam trocar correspondência. Escrever cartas para um desconhecido de um país estrangeiro soava romântico. Olhei a lista com o coração palpitando. Havia o país, o nome, a idade e uma mensagem curta. Estados Unidos, Canadá, Singapura. Li cada qual com atenção.

Grace, Austrália, 14 anos. Senti uma vertigem ao ler sua mensagem de apresentação: "Eu posso falar com as flores."

Era curioso. Ao meu redor não havia ninguém como ela.

As cartas que troquei com Grace enriqueceram minha adolescência. Ela realmente podia conversar com flores e árvores. Não apenas compreendia quando uma planta precisava de água ou luz, como também parecia prever o clima através das mensagens enviadas por ela. Grace me contava nas cartas as constantes conversas com as plantas sobre as brigas que tinha com a mãe, o rapaz de quem gostava e a amiga japonesa (eu) que fizera recentemente.

Eu a invejava. Grace era capaz de decifrar a linguagem das

plantas, decodificá-las e transmiti-las por escrito. Essa era a verdadeira "tradução". Se era divertido para mim, que lia, imagino que fosse ainda mais saboroso para ela.

Mesmo depois de se tornar adulta, a relação entre Grace e as plantas não mudou. Reconhecendo seu dom, mas sem jamais se vangloriar dele, ela encontrou um modo de torná-lo útil à vida das pessoas por meio da aromaterapia e da fitoterapia.

Continuamos a nos corresponder por um bom tempo, até que finalmente nos encontramos quando tínhamos 20 anos. Eu viajei para Sydney durante as férias de verão da universidade. Grace me recebeu no aeroporto, e no instante em que me viu, ficou repetindo sem parar como meus olhos pretos eram lindos. Havia muitos japoneses em Sydney, mas ela parecia ver algo de especial em mim. E ela tinha olhos de um castanho-claro translúcido magnífico.

– Atsuko, a cor dos seus olhos é incomum. Eles são tão puros que você é capaz de enxergar coisas que são imperceptíveis para outras pessoas.

Até então eu não gostava nem desgostava dos meus olhos. Porém as palavras de Grace me encheram de coragem: me senti como se tivesse poderes mágicos, como ela.

Ao obter meu diploma de inglês na universidade, arranjei emprego em uma pequena agência de tradução. Minha principal tarefa era traduzir manuais explicativos de máquinas e produtos importados. Eu estava orgulhosa de mim e do meu trabalho como tradutora.

Mas o que eu desejava mesmo era traduzir literatura.

O caminho até lá foi árduo. Quando descobria algum edital

de concurso de tradução literária, eu me candidatava na mesma hora, mas só fracassava. Na rara ocasião em que consegui um segundo lugar, fiquei feliz, mas a posição não me ajudaria a ser uma tradutora literária.

Nunca me acostumei à dor dos inúmeros fracassos. Apresentava minha tradução pensando "Desta vez vai!". Os manuscritos de tradução enviados por correio viravam meros papéis de rascunho nas editoras, e quando os mandava pela internet, era como se jamais tivessem existido, pois desapareciam junto com o tempo, o esforço e a emoção que eu dedicara. Cada vez que eu lia a tradução vencedora, suspirava, imaginando no que ela diferia da minha.

Grace acreditava em mim mais do que eu mesma, sempre afirmando que um dia eu realizaria meu sonho. "Atsuko, sem dúvida você vai se tornar uma exímia profissional. Garanto a você", ela não se cansava de repetir. Suas palavras eram muito reconfortantes. Se ela afirmava isso é porque devia ser verdade: eu acreditava nela, e isso me dava confiança no futuro.

Uma vez por ano eu ia encontrar Grace em Sydney, e numa dessas viagens conheci Mark, um designer de interiores. E assim, cinco anos atrás, quando eu tinha 31, me casei com ele. Tudo aconteceu muito rápido. Eu admirava a atitude despreocupada e descontraída dos australianos. Como não gosto de ser o centro das atenções, me mudei para Sydney sem realizar uma cerimônia de casamento.

Demorei até conseguir um trabalho, então aproveitava para frequentar uma biblioteca. Havia um monte de livros incríveis ainda não publicados em japonês. Eu os lia de forma voraz e não contive o impulso de traduzi-los em meu caderno, sem ter qualquer outra intenção além do prazer de traduzir.

Passei boa parte dos meus primeiros dias de casada ao lado de Grace, a ponto de deixar Mark enciumado. Mas pouco depois ela partiu para a Inglaterra para estudar aromaterapia.

Desde que se tornou possível transmitir mensagens instantâneas pela internet, deixamos de nos corresponder por cartas. Graças a essa comunicação em tempo real, eu sentia Grace próxima de mim como se estivéssemos ambas no mesmo cômodo.

Por mais que os anos passassem, nossas conversas não se esgotavam. Ainda hoje abro seus e-mails com a mesma excitação que sentia aos 14 anos quando encontrava uma carta dela na minha caixa do correio.

Dois anos atrás ela escreveu em um e-mail: "Sonhei com você vestida de noiva, cercada de plantas. Realize uma cerimônia de casamento no Botanic Gardens quanto antes. Isso abrirá os seus horizontes e os de muitas outras pessoas."

Segundo ela, essa mensagem fora um aviso das plantas. De início fiquei hesitante; eu não era muito sociável e tinha feito poucos amigos em Sydney. Mas, ao pensar melhor, concluí que fazer uma cerimônia no Japão seria ainda pior, porque eu teria que convidar parentes e conhecidos. Assim, me casar no exterior seria uma boa desculpa para convidar apenas as pessoas mais próximas. Só chamei meus pais, Grace e minha amiga de infância Pii. Conforme ela me aconselhara, celebramos um casamento simples no Botanic Gardens.

* * *

A cerimônia, com a participação apenas das pessoas queridas e das testemunhas, foi muito mais agradável do que eu poderia imaginar, sobretudo pela presença de Grace. Na época, Pii sonhava em ter sua própria loja de lingeries com peças criadas por ela e se emocionou ao ouvir Grace afirmar que azul é a cor da Virgem Maria. Ela disse que um dia faria lindas peças com essa cor.

Os convidados de Mark eram jovens australianos bastante animados e barulhentos, mas havia entre eles um japonês de aspecto tranquilo. Devia ter pouco mais de 50 anos, com um sinal que se destacava no meio da testa.

Ao vê-lo, Mark correu na direção dele como um cão corre quando vê seu dono.

– Este é um colega de trabalho de minha total confiança! – disse ele ao apresentá-lo a mim. – Pode chamá-lo de Mestre.

– Mestre?

– Sim, porque ele tem um título de mestrado de uma universidade australiana.

Ao ouvir isso, Mestre abriu um sorriso.

– Não é só por esse motivo. Gosto de ser chamado assim.

Viajando entre o Japão e a Austrália, ele se dedicava a diversas atividades em diferentes áreas. Mark me contou que eles trabalhavam juntos em projetos de design de interiores de lojas e edifícios.

– Lembra aquela lanchonete popular que abriu aqui no ano passado? A que você adorou? Aquele também foi um trabalho nosso.

Eu conhecia bem o local. Era uma lanchonete toda laranja administrada por um homem muito simpático e bem-humorado.

– De que parte do Japão você vem? – perguntou Mestre em

um inglês perfeito, talvez para Mark não se sentir excluído da conversa.

– De Tóquio.

– Ah, Tóquio. Sou de Kyoto, mas moro em Tóquio agora, onde tenho uma pequena galeria de arte. Gostaria que Mark pintasse uns quadros para minha próxima exposição. As obras dele são bonitas demais para permanecerem escondidas e serem um mero passatempo.

Mark assentiu alegremente.

– Com prazer! Hoje vou pintar um quadro do Botanic Gardens!

Ao saber que eu desejava me tornar tradutora, Mestre me apresentou a uma editora japonesa sem sequer pedir meu currículo. De início, me passaram algumas traduções simples, e como o editor gostou do meu trabalho, comecei a receber várias outras.

A certa altura, tomei coragem e conversei com o editor sobre um livro que eu desejava traduzir. As coisas avançaram melhor do que eu esperava, e o primeiro livro de literatura infantil australiano traduzido por mim foi lançado no mês passado no Japão.

– A maré de azar durou um bom tempo, mas desde que você chegou aqui sua carreira progrediu muito, não foi? – comentou Mark ao ver o livro.

Eu não concordava com ele. Não era uma questão de azar. O aprendizado e a experiência que adquiri durante todo esse tempo foram absolutamente necessários para que eu chegasse até aqui.

Meu nome estava na folha de rosto do livro. Eu o acariciei com os dedos inúmeras vezes, aproximei do rosto, senti o cheiro da tinta e abracei o livro que me fez nascer neste mundo.

Grace era quem mais estava feliz por mim.

– Eu sempre soube que você conseguiria!

Era verdade. Desde os 14 anos Grace previa que este dia chegaria.

Se eu não a tivesse conhecido, talvez nunca me tornasse tradutora. E não teria vindo morar em Sydney.

Em março, o calor deu lugar a um clima ameno e agradável.

Sentada em um café no Circular Quay, de frente para a Baía de Sydney, eu escrevia um e-mail para Grace quando senti que alguém me observava. Era uma jovem loura à mesa vizinha. Tinha em mãos papel de carta e um envelope e parecia escrever para alguém. Olhando de soslaio, pude ver escrito no alto da página "Querida Mako".

Quando nossos olhos se cruzaram, ela sorriu e deu de ombros, sem graça.

– Me perdoe por estar olhando para você. Eu estava pensando em uma amiga japonesa, aí vi você e...

– A carta que está escrevendo é para ela?

– Sim. Anos atrás minha família a acolheu como estudante de intercâmbio. Hoje a comunicação costuma ser feita toda por e-mail, mas ainda gostamos de nos corresponder por cartas.

– Ah, sim. Escrever cartas é muito bom.

Ela assentiu de leve, depois contemplou o mar. Para além dos barcos indo e vindo, podia-se ver a Harbour Bridge.

– Se eu não a tivesse encontrado, talvez não estivesse viva

agora – confidenciou ela de repente. – Fiquei muito doente, mas ela me salvou quando eu corria risco de morrer.

– Ela é médica?

– Não... Somos velhas amigas desde uma vida passada...

Vida passada.

Percebendo meu espanto, ela sorriu e guardou suas coisas na bolsa.

– Obrigada por ter me escutado.

– Sou eu quem agradeço pela bela história – falei, me inclinando em um cumprimento respeitoso.

Ela partiu com elegância.

Se existem vidas passadas, eu e Grace devíamos ter tido um vínculo profundo e antigo. Dada a minha paixão pelo inglês, talvez eu tenha nascido em algum país anglófono, e Grace, que ama o Japão, pode ter sido uma japonesa. Impossível confirmar isso, mas, se pensar bem, é uma boa teoria.

– Desculpe por fazer você esperar, Atsuko.

Mark chegou. Combinamos de nos encontrar naquele café porque ele tinha um assunto a tratar em um local próximo dali.

Mestre o acompanhava. Amanhã haverá uma importante feira de arte e design em Sydney, por isso ele estava de volta à Austrália. Hoje no fim da tarde haverá um coquetel de abertura para os expositores, e nós três estávamos convidados.

– Vou buscar alguma coisa para bebermos – avisou Mark, dirigindo-se aos fundos da cafeteria.

Eu me levantei para cumprimentar Mestre.

– Faz tempo que não nos vemos – falei, em japonês.

Ele retribuiu com um sorriso.

– Li o livro que você traduziu. Estou feliz por você.

– Obrigada. Tudo graças a você. Afinal, você me recomendou à editora apesar de eu não ter experiência.

Mestre coçou a testa.

– Tenho uma boa intuição para julgar as pessoas.

Sentamos e contemplamos o mar. Mestre é um homem de ar misteriosamente inocente.

– Você também pinta? – perguntei.

– Não! Minha função é descobrir talentos desconhecidos e revelá-los ao mundo. Amo a sensação de estar a um passo da realização de um sonho.

Mark voltou trazendo dois cappuccinos. Enquanto conversávamos, ele pareceu se lembrar de algo.

– Ah, sim, antes de vir para cá eu estava em Paddington visitando um cliente. Passei pelo tradicional bazar da igreja e encontrei este quadro – disse ele, pegando um embrulho que havia deixado perto da mesa. – Ele me lembrou meu tempo de criança e me emocionou muito. Não sei o que aconteceu, mas, assim que o vi, soube que precisava comprá-lo. A vendedora era uma moça japonesa de cabelos compridos que estava expondo suas pinturas.

No quadro, padrões geométricos verdes eram atravessados por suaves raios de luz. No canto inferior direito estava assinado "You".

Mestre pegou o quadro, admirou-o por um tempo e perguntou, quase que num sussurro:

– O bazar vai até que horas?

– Acho que até as cinco.

Olhei o relógio: eram três da tarde. Daqui até Paddington são quinze minutos de ônibus. Mestre se levantou.

– Desculpe, não me esperem para a recepção. Preciso divulgar o trabalho dessa artista para o mundo – anunciou, andando apressado em direção ao ponto de ônibus.

Observando-o enquanto se afastava, pensei nos múltiplos significados de "mestre" em japonês. Grau de mestrado. Responsável. Chefe. Artesão. Gestor. Especialista. Motivador. Ponto de apoio.

Então entendi por que ele gostava de ser chamado de Mestre. Ele motiva as pessoas a agir, tornando-se o ponto de partida para que elas atinjam algo importante. Muitas não brilhariam no mundo se não o tivessem encontrado.

Contudo, pensando bem, talvez todos nós tenhamos um papel parecido na vida de alguém. Podemos afetar ou até mudar a história de uma pessoa sem nem nos darmos conta.

Os guarda-sóis da cafeteria balançaram com a força do vento marinho.

Um cão que passeava com seu dono veio brincar aos pés de Mark.

– Jack, pare com isso! – gritou o dono, puxando-o pela guia. – Sinto muito, senhor!

– Imagina! – Mark sorriu, afagando o cão.

Essa era uma cena comum. Os cachorros sempre se aproximavam de Mark, onde quer que ele estivesse.

– Os cães gostam mesmo de você – falei.

– Sim, acho que em outra vida fui um cachorro.

Outra vida.

Lembrei de Grace mais uma vez. Que expressão em japonês eu poderia usar para traduzir o meu espanto?

A promessa
Roxo · Sydney

Mako me enviou do Japão um marcador de livro artesanal: uma linda flor rosa desidratada colada em papel *washi* plastificado, com uma fitinha amarrada.

Mesmo eu sendo australiana, nascida e criada em Sydney, conhecia muito bem essa flor. Mako havia me ensinado que era da cerejeira, sua flor favorita, que anunciava a primavera no Japão.

Certa vez, em um dia agradável de outubro, eu a levei a uma rua especial para mim, ladeada por árvores de jacarandá com flores roxas formando maravilhosos arcos. As pétalas caídas tingiam magnificamente o chão. Na Austrália, é a flor de jacarandá que simboliza o início da primavera.

– Adoro essas árvores. Quando vejo essa paisagem púrpura, logo penso "Ah, a primavera chegou!" – comentei.

Ao ouvir isso, os olhos de Mako brilharam, e ela me falou sobre as cerejeiras. Contou que os japoneses sentem a chegada da primavera quando as cerejeiras florescem; que, assim como o jacarandá, elas são plantadas ao longo das ruas; que as tonalidades rosa-claras se assemelham às do roxo dos jacarandás; e que abril é a melhor época do ano para contemplá-las em Tóquio.

Era estranha para mim a ideia de a primavera ser em abril. Mako também devia achar estranho ver a primavera em outubro na Austrália. Nossas estações eram invertidas.

– Ah, como eu gostaria de mostrá-las a você, Mary! Eu também tenho um lugar especial, de onde vejo as cerejeiras florescerem – declarou ela.

– Um dia eu irei a Tóquio em abril para ver as cerejeiras – falei. – Prometo!

Essas palavras saíram de minha boca espontaneamente, e não foi por mera questão de educação. Mako olhou para mim com uma expressão animada, abriu um sorriso e disse:

– Combinado!

Conheci Mako há cerca de dez anos, quando ela estava no ensino médio e veio passar um tempo em Sydney num programa de intercâmbio.

Lembro do que senti quando nos vimos pela primeira vez. *Ela me lembra alguém*, pensei no mesmo instante.

Era como se memórias de um tempo distante tivessem sido despertadas ou como se a pessoa que eu fora em outra vida estivesse tomando conta do meu corpo. Eu a conhecia. Sentia que nós duas compartilhávamos lembranças mútuas. Eu só não sabia quais eram.

Nasci com problemas cardíacos, mas, apesar de poder levar uma vida praticamente igual à das outras crianças – com exceção dos exercícios físicos –, desde pequena tendia a viver trancada em casa. Meus pais não suportavam ver meu isolamento, então começaram a acolher estudantes de outros países. Era uma maneira de criar oportunidades para que eu convivesse com meninas da minha idade.

A maioria das meninas que recebíamos era atenciosa, me aconselhando a "não me esforçar", mas, por outro lado, não sabiam bem como se relacionar comigo. Pareciam não se sentir à vontade para compartilhar comigo suas experiências como adolescentes "normais", que saíam com as amigas, passeavam, viajavam...

Com Mako não existia esse tipo de barreira. Ela me relatava o que vira e ouvira em um tom animado, quase teatral. Mesmo as pequenas descobertas eram narradas como fossem um tesouro desenterrado. Esses nossos momentos juntas me enchiam de alegria e entusiasmo.

E ela me fazia sair de casa, respeitando as minhas limitações para que eu não me esforçasse além da conta, mas também sem me tratar como coitada. Aos poucos comecei a entrar em contato com o ar puro, a observar a natureza e a frequentar cafeterias. Cinco anos mais jovem do que eu, Mako era como uma irmã mais nova, embora na realidade ela adotasse naturalmente uma atitude de irmã mais velha.

Nunca nos cansávamos de conversar. Mas também podíamos passar horas caladas, cada uma cuidando dos seus próprios assuntos, sem que o silêncio fosse um problema.

Quantas cartas será que trocamos depois que Mako voltou para o Japão? Não havíamos combinado de manter contato, mas a certeza de que ela me responderia trazia alento aos meus dias maçantes e me incentivava a continuar escrevendo.

Seu nível de inglês melhorou muito ao longo dos anos. Uma vez, logo no início, eu comentei que adorava o papel de carta finíssimo que ela usava, então suas cartas se mantiveram nesse estilo. A única mudança foi que ela passou a escrever com a caneta-tinteiro que lhe presenteei, em vez da caneta esferográfica.

Sempre escrevíamos sobre o desejo de um reencontro, mas sabíamos que seria algo difícil de realizar. Depois de terminar a faculdade, Mako se tornou professora em um cursinho de inglês. Devido ao calendário de suas aulas, era difícil para ela tirar férias e, de minha parte, minha saúde frágil me impedia de viajar para o exterior.

Assim, desde que ela voltou para o Japão, nunca mais nos vimos. Apesar disso, nunca interrompemos nossa correspondência. Mesmo com a internet e a possibilidade de conversar em tempo real, mantivemos o hábito de escrever no papel, porque amávamos a sensação de ter as cartas nas mãos.

Cada carta que cruzava o oceano até mim era um pedaço da própria Mako.

No mês de junho, há um ano, fiquei doente. Meu problema cardíaco crônico se agravou.

Depois de cerca de um mês internada, o médico informou que seria difícil tratar a doença naquele hospital e sugeriu que eu fosse transferida para um grande hospital no centro de Sydney. Eu não concordei.

Pela janela do quarto onde eu estava internada dava para vislumbrar o vasto oceano azul. Eu adorava aquela paisagem, o quarto era espaçoso e confortável, e meus médicos e enfermeiras eram excelentes.

Alguns anos antes, eu havia sido internada para exames durante uma semana no hospital para o qual o médico desejava me encaminhar. Pelas janelas só se viam edifícios, os funcionários estavam o tempo todo ocupados e o cheiro intenso de desinfetante me deixava enjoada. Mesmo lá sendo mais bem equipado, eu não queria voltar para aquele ambiente árido e estressante.

Se vou morrer, prefiro que seja aqui.

Certo dia de julho, escrevi a seguinte carta para Mako:

Desde criança eu me convenci de que não viveria muito. Antes de entrar na escola, minha mãe me levou ao médico e, no final da consulta, me fizeram esperar do lado de fora da sala. Olhei discretamente lá para dentro e vi o médico conversando com ela em voz baixa. Apesar de a doente ser eu, era minha mãe quem franzia as sobrancelhas, com uma expressão terrível de sofrimento. Aquela cena nunca saiu da minha cabeça.

Desde então, com medo constante de encontrar a morte, me acostumei a não ter expectativas e sempre esperar pelo pior.

Quando recebeu essa carta, Mako telefonou imediatamente para o hospital onde eu estava. Ela nunca tinha feito isso. Assim que atendi a ligação internacional na estação de enfermagem, ela suplicou para que eu me transferisse para um hospital melhor e me empenhasse no tratamento.

– Mary, você esqueceu a promessa que me fez? – Mako chorava do outro lado da linha.

– Promessa?

Eu não sabia do que ela estava falando.

– Se não se lembra, tudo bem. Mas eu tenho esperado ansiosamente por isso há anos – declarou, batendo o telefone na minha cara.

A voz de Mako soava muito zangada. Porém, uma semana depois, recebi uma carta dela em outro tom. No alto da primeira página havia uma mancha marrom de algo derramado e um balão de texto onde se lia: "*Aqueça-se com o chocolate quente.*"

"*Se você ama esse hospital, Mary, talvez seja melhor você não se transferir e receber com calma seu tratamento aí mesmo*", ela escrevera. O que a teria feito mudar de ideia tão rápido, logo ela que se opunha tão categoricamente? "*Basta estar em um lugar de que a gente gosta para recuperar o ânimo. Alguém me ensinou isso.*"

Ao ler essa frase, finalmente entendi.

A promessa que fiz a Mako. As cerejeiras em abril. O local que ela adorava.

Redigi a resposta na mesma hora.

Até o outono vou ficar boa e, custe o que custar, irei a Tóquio para contemplarmos juntas as cerejeiras em flor. Na sua primavera, no meu outono.

* * *

Com o passar do tempo, no entanto, minha doença piorou. No final do ano, exames minuciosos indicaram a necessidade de uma complexa cirurgia. Se fosse bem-sucedida, talvez eu pudesse ser tão saudável quanto uma pessoa normal. Mas o risco era enorme. De acordo com o médico, a probabilidade de êxito era de cinquenta por cento. Se eu me submetesse à cirurgia, deveria estar preparada para talvez nunca despertar dela.

Mesmo com muito medo, decidi arriscar – afinal, havia uma probabilidade de cinquenta por cento de dar certo. Vou operar e vou ficar boa. Afinal, eu quero ver as cerejeiras com Mako. Prometi isso a ela.

Sob o efeito da anestesia, tive uma visão estranha e embaçada. Em uma cidadezinha do interior, duas meninas estão juntas. A irmã mais velha delicadamente entrega uma flor que colheu à sua irmãzinha magra estirada na cama.

Aos poucos a imagem indistinta ganhou contornos nítidos.

A irmã mais nova e enferma era eu. A irmã mais velha me protegendo era Mako. Numa outra vida muito distante, nós duas fomos irmãs.

Naquela vida passada eu tinha medo de morrer e vivia assustada. Nesta, nada mudou. Ter medo de morrer é como ter medo de viver.

"Há muitas flores como esta florescendo na praça. São muito lindas! Vamos juntas vê-las", propôs minha irmã ao lado da cama.

"Uhum", concordei, mesmo acreditando ser impossível. Eram duas horas de caminhada até a praça. Era longe demais para mim naquele momento.

Então uma grande luz me envolveu.

Eu já tinha experimentado essa sensação. Naquela vida passada, eu, ainda criança, havia estendido a mão na direção da luz.

Minha irmã me chamou, mas eu não respondi. Estava fraca demais. Era insuportável continuar vivendo com tamanho sofrimento. Eu estava pronta para morrer.

Desculpe por não poder ver as flores com você, irmã.

Eu havia desistido daquela vida. E as lembranças dela se apagariam para sempre...

Mary!

De repente recolhi a mão que estendia na direção da luz.

Mary, você esqueceu? Eu estou esperando você cumprir a sua promessa!

Mako chorava.

Ela se emocionava facilmente. Ela era muito mais forte do que eu, mas era capaz de chorar por ver flores murchas. Isso me lembrou o dia em que, cheia de entusiasmo, me fez encenar partes de um musical que tinha visto na Ópera de Sydney. E o dia em que arregalou os olhos diante do tamanho dos bifes grelhando na churrasqueira, que achava enormes. E o dia em que me levou à praia, mesmo eu não podendo nadar, e comemos peixe com batatas fritas sob um guarda-sol e ficamos lá até o entardecer. E também quando, à noite, na varanda, procuramos juntas a constelação do Cruzeiro do Sul.

Na noite anterior à sua partida, dormimos juntas na minha

cama, de mãos dadas, nossas cabeças encostadas. Como sempre, Mako chorava, recusando-se a enfrentar o dia seguinte. E eu chorava tanto quanto ela.

As cartas de Mako são repletas do carinho que transmitimos uma à outra e também da nossa visão sobre o mundo em que vivíamos.

Tenho uma caixa cheia delas.

Mako, obrigada por ter vindo a Sydney e compartilhado um pouco de você comigo.

Eu me recordo claramente do dia em que nos conhecemos. O sorriso dela me lembrava alguém...

Ah, claro. Agora eu entendia.

Eu já a conhecia. As lembranças da vida passada não haviam desaparecido, afinal. As recordações necessárias continuavam dentro de mim.

Eu lembrava o suficiente para entender de imediato que ela era uma pessoa importante, para eu poder cumprir desta vez a promessa que não consegui na outra vida.

– *Mary!*

Ouvi a voz de Mako me chamando.

Desta vez não pude deixar de responder.

– *Mako!*

Eu vou viver.

Vou me agarrar à vida com toda a minha força.

Não porque fomos irmãs em uma vida passada. Mas para vivermos juntas o momento presente.

Ao final da cirurgia, despertei. Uma nova vida esperava por mim.

Sob um céu outonal, embarquei em abril no aeroporto de Sydney rumo a Tóquio.

Minha recuperação fora tão rápida que espantou os médicos, mas para mim foi um processo natural. Meu corpo se curou a tempo de ver a floração das cerejeiras. Os jacarandás florescem durante toda a primavera, mas as cerejeiras só podem ser vistas por poucos dias. Eu não tinha tempo a perder.

Reencontrei Mako dez anos após termos nos conhecido. Acompanhada dela, eu contemplei a alameda de cerejeiras em plena floração ao longo do rio.

– Sabe, Mako, da próxima vez é você que vai a Sydney! Vamos ver juntas as flores dos jacarandás.

Ela sorriu e concordou animadamente:

– Prometo!

Vivemos sem saber o que o instante seguinte nos reserva. Enfrentamos coisas contra as quais não podemos lutar. Nessas horas, nossas angústias aumentam e nos fazem imaginar os cenários mais assustadores possíveis. Mesmo que sejamos nós os criadores do enredo da nossa vida, nos sentimos ameaçados, como se nosso futuro fosse algo imposto, como se já estivesse definido.

Mas, na verdade, nada disso é real.

O que existe são o aqui e o agora, eu respirando, minha amiga Mako sorrindo e as cerejeiras explodindo em flores.

As pétalas salpicavam de rosa aqui e ali a superfície da água.

Decidi apenas viver o dia da promessa cumprida.

Quando Mako me visitar em Sydney e formos juntas ver os jacarandás, vamos definir qual será nossa próxima promessa.

Prometendo isso a mim mesma, admirei as pétalas sendo levadas pela correnteza.

Carta de amor
Branco · Tóquio

Hoje, sentada à minha mesa habitual, escrevo esta carta para você.

Pretendo expressar nela tudo que sinto enquanto tomo o chocolate quente que você acabou de me servir.

O ciclo das estações deu uma volta e meia desde que comecei a frequentar o Café Marble. Não é que eu não goste dos outros cafés; é que adoro a sensação de paz que este lugar me traz. Não há nenhum como ele no mundo.

Também gosto muito dos quadros expostos aqui, que são trocados frequentemente. Aquela pintura com círculos verdes sobrepostos, que embeleza a parede desde a semana passada, me provoca uma deliciosa nostalgia.

Não sei seu nome, porque você não usa crachá e é o único funcionário aqui. Sei apenas que você deve ser um pouco mais novo do que eu e é um homem delicado e trabalhador.

Mas não tem problema. Desde que vim aqui pela primeira vez, secretamente dei um nome para você.

Era um dia de inverno e nevava.

Eu tinha ido fazer compras em uma loja na margem do rio e já estava voltando para casa quando percebi, do outro lado da ponte, uma luz brilhante à sombra de uma grande árvore nua, sem flores ou folhas. Acho que eu nunca havia reparado no lugar porque minha atenção estava sempre voltada para as cerejeiras.

Fazia um frio cortante, então atravessei a ponte e entrei no café para me aquecer.

O interior do Café Marble era tão tranquilo e acolhedor que me deu vontade de chorar de emoção. O ambiente era muito aconchegante, as mesas e as cadeiras de madeira rústica pareciam dar boas-vindas aos clientes.

Sentei-me ao lado da janela e respirei aliviada. Tanto minhas mãos dormentes quanto minhas bochechas e orelhas quase congeladas se reaqueceram na mesma hora, e aos poucos meu corpo foi relaxando.

Na mesa vizinha havia um menino de cabelos cortados em cuia e seu jovem pai.

O garoto sorria segurando no alto um avião de brinquedo enquanto imitava o barulho do motor.

Os dois pareciam ter entrado pouco antes de mim e deviam estar esperando você trazer o pedido.

Abri o menu, na dúvida entre pedir um café com leite ou um chá.

Naquele momento, você voltou com as bebidas da mesa vizinha.

– Eba, o chocolate quente do Takumi! – exclamou o menino, todo contente.

A reação dele foi tão graciosa que meu olhar involuntariamente se voltou para a mesa.

Vi você servindo primeiro o café ao pai e em seguida colocando com cuidado o chocolate quente na frente do menino.

– Aqui está seu chocolate. Eu o preparei com muito amor. Por favor, tome cuidado porque está bem quente – disse você com um sorriso gentil.

Se tivesse falado com ele como se fosse uma criança, você passaria apenas a imagem de um funcionário atencioso. Mas o que me encantou foi sentir na sua voz um misto de respeito pelo próximo e orgulho pelo seu trabalho. Você tratou aquele garotinho com a mesma cortesia com que trataria um cliente adulto. E o modo como pronunciou "chocolate quente" derreteu meu coração!

Pude ver como você era autêntico. Sua generosidade não parecia seguir as orientações de nenhum manual de instruções.

Você começava a se afastar da mesa deles quando eu o chamei para fazer meu pedido.

– Um chocolate quente, por favor.

– Pois não, um chocolate quente – repetiu você sorrindo docemente.

Esse "chocolate quente" escorreu de seus lábios num tom amável, porém ligeiramente mais grave do que o destinado a Takumi. Senti uma pontada de ciúmes.

Foi ali que me dei conta de uma coisa: não existe apenas "amor à primeira vista", mas também "amor à primeira voz".

E, assim, decidi qual seria o seu nome.

Chocolate Quente.
Desde então, é desse jeito que chamo você.

Sempre venho aqui escrever cartas para minha amiga de Sydney.

Na época do ensino médio, morei por um ano na Austrália como estudante de intercâmbio. Mary é a filha única da família que me acolheu.

Eu confiava no meu nível de inglês, mas, ao conviver com falantes nativos, senti quanto minha capacidade de conversação era insuficiente.

Mas, estranhamente, com Mary eu conseguia transmitir meus pensamentos e sentimentos com poucas palavras. Às vezes bastava trocar um olhar para demonstrar o que sentíamos.

Mesmo entre pessoas que têm a mesma língua materna ocorrem mal-entendidos e a comunicação simplesmente não flui. Por isso era tão curioso que eu me entendesse com ela com tanta facilidade. Eu podia compreender tudo que Mary falava, ainda que ela usasse palavras que eu desconhecia. Quando eu tinha dificuldade de me expressar em inglês, ela terminava minhas frases.

Aos poucos, a convivência com ela tornou meu inglês tão fluente que era como se eu me "lembrasse" de um idioma que falava antigamente. Eu parecia "voltar" a ser uma jovem australiana que já fora um dia. Na verdade, sentia que esse era meu verdadeiro eu.

No entanto, esse milagre não acontecia com outras pessoas. Só com Mary.

Por isso, me corresponder com ela significava uma forma de manter contato com meu eu original.

Ao conhecer o Café Marble, senti ter descoberto o local ideal para escrever minhas cartas. Era um lugar seguro e especial, onde eu podia ser eu mesma.

Eu e Mary nunca discutimos, exceto uma vez no ano passado, quando tivemos uma quase briga ao telefone.

Ela estava internada com um quadro muito grave. O médico havia recomendado que ela fosse transferida para um hospital maior e com mais recursos, mas ela se recusou a ir, alegando que gostava daquele onde estava. Fui egoísta e implorei que aceitasse a transferência. Eu tinha tanto medo de perder minha melhor amiga que não levei em conta os sentimentos dela.

Estava muito triste e vim até o Café tomar o chocolate quente que tanto me aquecia, mas minha mesa de sempre estava ocupada. Não tive outra escolha a não ser me sentar em outro lugar.

Até que de repente ouvi sua voz:

– ... seu lugar de sempre. Talvez você se sinta melhor se estiver na sua mesa favorita.

Sabe, Chocolate Quente, você não imagina a surpresa, a alegria e o alívio que senti naquele momento.

Reparei que você havia arrumado e limpado a mesa a que eu costumava me sentar, como se ela fosse realmente minha.

De fato, estar onde a gente gosta faz qualquer um se sentir melhor. Não há nada mais verdadeiro do que isso.

Então compreendi que o melhor remédio para Mary era permanecer onde se sentia bem. Eu mesma fico muito mais feliz aqui do que em um restaurante chique com o qual não tenho nenhum vínculo.

Eu me sento sempre neste mesmo lugar porque ele me conforta, me permite ver as magníficas cerejeiras pela janela e porque foi aqui que, naquele dia branco de inverno, eu me apaixonei por você.

Quando estou aqui, a cena de você servindo aquele garotinho me volta à memória e fico observando você trabalhar com prazer. Evito fazer contato visual, mas aprendi um jeito de mantê-lo dentro do meu campo de visão. Se nossos olhos se encontrarem, sei que você, com seu jeito atencioso e entusiasmado, virá me perguntar se eu desejo algo.

E se isso acontecer, vou ter que dizer que te amo.

* * *

Mary conseguiu vencer a doença, se recuperou totalmente e há pouco tempo veio a Tóquio me visitar. Conforme havíamos combinado tantos anos antes, contemplamos as cerejeiras em flor. Ali, prometi a ela que nosso próximo encontro será em Sydney.

Sei que muitos desejos são difíceis de realizar – mesmo quando um pequeno passo seria suficiente para concretizá-los.

Até agora fui um pouco tímida e negligente em relação aos meus. Mas aprendi que se não fizermos nada no momento em que um desejo nasce, talvez ele desapareça lentamente, sem lhe darmos a chance de se tornarem reais.

Eu venho ao Café Marble às três da tarde, todas as quintas-feiras, meu dia de folga.

Sempre me sento no mesmo lugar, faço o mesmo pedido.

Até agora me contentei em apenas observar você e trocar as mesmas palavras: "Um chocolate quente, por favor."

Mas agora quero avançar – quero mudar de mesa, de horário, de conversa.

Quero estar ao seu lado para vermos juntos o rosa das pétalas se espalhando ao sabor do vento, o verde-claro das folhas renascendo, o vermelho tingindo as árvores no outono, o branco da neve cobrindo a paisagem.

Quero lhe contar minha história. Quero ouvir a sua.

E quero compartilhar com você sonhos tão distantes quanto as estrelas e acontecimentos tão pequenos que cabem na palma da mão.

Por isso, Chocolate Quente, o que acha de tirar esse avental e vir me conhecer?

Desculpe por me alongar tanto. Vou terminar esta minha primeira carta de amor, colocar em um envelope e entregar a você.

E, com um sorriso, vou apenas dizer: "Eu a preparei com muito amor."

CONHEÇA OUTRO TÍTULO DA AUTORA

A biblioteca dos sonhos secretos

O que você procura?
Essa é a pergunta que a enigmática Sayuri Komachi faz a quem visita a biblioteca do Centro Comunitário de Tóquio em busca de ajuda.

A lista de livros que ela recomenda sempre contém um título inusitado que se torna o agente de uma mudança.

Em cinco histórias independentes que se entrelaçam de maneira sutil, você conhecerá pessoas que estão em momentos diferentes da vida, lidando com situações como a frustração no trabalho, a falta de oportunidades, o medo do fracasso e a vontade de começar de novo.

A Sra. Komachi tem o dom de saber exatamente de qual livro cada visitante precisa para mudar de perspectiva e voltar a alimentar seus sonhos.

Às vezes, as mudanças mais transformadoras não são as mais grandiosas: são aquelas que nos fazem ver a vida – e suas infinitas possibilidades – de uma maneira inteiramente nova.

E você? O que está procurando?

CONHEÇA OS LIVROS DE MICHIKO AOYAMA

A biblioteca dos sonhos secretos

Chocolate quente às quintas-feiras

Para saber mais sobre os títulos e autores da Editora Arqueiro,
visite o nosso site e siga as nossas redes sociais.
Além de informações sobre os próximos lançamentos,
você terá acesso a conteúdos exclusivos
e poderá participar de promoções e sorteios.

editoraarqueiro.com.br